KB238270

정답은 있다

정답은 ——— 있다

이정효 지음

대원북스

이 순간, 보이지 않는 곳에서
조용히 버티고 있을 당신에게

일러두기

이 책은 2025년 이정효 감독과 나눈 긴 시간의 대면 인터뷰와 신문, 방송 등 여러 매체와
의 인터뷰 기사를 토대로 편집자가 초고를 만들고, 저자가 기억을 되짚어 다시 수정하고
추가하는 방식으로 완성되었다.

들어가며

감탄하러 온 게 아니다. 배우러 온 것도 아니다. 확인하러 온 거다.

2025년 12월 14일, 프리미어리그 첼시와 에버튼의 대결을 보기 위해 스탬퍼드 브리지 경기장을 찾았다. 박원교 분석코 치와 함께 멀리서 경기장 전체를 조망할 수 있는 맨 위층에 자리를 잡았다. 촌스럽게 감탄하지 말자고 마음을 먹었지만 유럽의 경기장은 몇 번을 와도 감탄이 절로 나온다. 경기장의 규모나 이런저런 시설도 대단하지만 그것을 완성하는 것은 사람들이다. 최대 수용 인원 4만 명의 좌석이 거의 꽉 메워졌다. 이런 경기장에서 승리하는 감독과 선수들은 기분이 얼마나 짜 릿할까.

다시 한번 정신을 가다듬는다. 이번에는 감탄하러 온 것이 아니라고. 2년 전 처음으로 유럽에서 경기를 직접 관람했을 때 는 거의 주체가 되지 않을 지경이었다. 이곳보다도 한참이 작 은 브라이턴의 아멕스 스타디움이었다. 텔레비전에서 보던 광 경을 직접 내 눈으로 보니 촌스러울 만큼 흥분했고 그 여운이 귀국 후까지 이어져서 한동안 누구를 만나든 영국에서 본 경 기 이야기만 떠들었다.

당시의 내가 어찌 그리 흥분하지 않을 수 있었겠는가. 유 럽 축구, 특히 프리미어리그는 감독 경력 초기의 나에게 교과 서이자 바이블 같은 것이었다. 하고 싶은 축구가 있지만 국내 에는 그것을 비슷하게라도 구사하는 감독도 팀도 없었다. 배 우고 싶지만 누가 가르쳐줄까. 혼자서 훔치듯 배우는 수밖에 없었다. 맨시티, 아스널, 브라이턴 등의 몇 개 팀을 골라 그들 이 구사하는 축구만 반복해서 보던 날도 있었다. 그냥 구경하며 축구 보는 눈을 길러봤자 직접 해보지 않으면 소용이 없었다. 영상을 만들어가며 분석하고, 패턴을 익힐 수 있도록 훈련 방법 을 만들고, 수많은 시행착오를 겪어가며 선수들과 구현해보 고. 공부라는 건 끝날 줄을 몰랐다.

배움은 여전히 진행 중이고 아마도 감독을 하는 내내 계속해야 할 것이다. 그러나 2023년 처음 이곳의 축구를 마주했을 때와는 많은 것이 달라졌음을 스스로 실감한다. 2년 전에는 배우고 또 배워도 모자랐다. 1년 전에는 내가 잘 따라가고 있다는 것을 발견했다. 그리고 지금, 비로소 따라잡은 것이 상당히 있음을 느낀다. 이야기했듯이 이번에 여기 온 목적은 배움이 아니다. 내가 지금 구사하고 있고, 머릿속으로 생각하고 있는 축구의 방향성이 옳은지를, 그래서 잘 가고 있는지를 확인하기 위함이다.

전에는 유럽에서 뛰는 감독들을 향한 환상도 품었다. 뒤늦게 발견하는 사실인데, 이 무대에서 뛰는 모두가 탁월한 감독은 아니다. 이제는 단점과 약점들도 함께 보인다. 유럽권에서 태어났다는 이유만으로 이 무대에서 뛰고 있다는 인상이 드는 감독들도 있다.

물론 지금도 환상을 가져도 충분하다 싶은 대단한 실력의 소유자들이 있다. 하지만 그렇다고 그들의 축구를 베끼듯이 고스란히 나의 축구에 입힐 생각은 없다. 우리는 환경도 다르고 선수들 개개인이 지닌 기량도 다르다. 이 팀에서는 이 부분, 저 팀에서는 저 장면만 건지는 식으로, 그렇게 나의 축구와 조합하여 우리가 할 수 있는 축구를 만들어내는 것이다.

지금은 앞서가는 그들의 축구를 좇아가는 단계라 할지라도 몇 번이고 반복하다보면 언젠가 진짜로 따라잡게 될 것이다. 좋은 축구의 몇 가지를 건져 와서 그들보다 조금 덜 좋은 축구를 하는 수준이 아니라, 그들보다도 더 좋은 축구를 하게 될 것이다. 감히 말하건대, 배움의 방향이 더 이상 일방적이지 않게 되리라. 우리와 친선경기라도 하게 된다면 주전선수를 다 투입시켜가며 전력으로 겨뤄야 할 것이다. 그리고 그렇게 맞붙어서 이기는 쪽이 우리가 될 것이다. 과연 이 꿈같은 일이 벌어질 날이 올까? 대체 어떻게 해야 가능할까?

도저히 풀기가 불가능해 보이는 문제에도 정답은 존재한다. 나에게 축구란 그랬다. 문제와 조건에 따라 달라질 뿐, 정답은 언제나 있다. 그러니 그 꿈같은 일이 정녕 오겠느냐는 물음에도 나는 답하련다. 반드시 그런 날이 올 것이라고. 그리고 '어떻게'를 찾기 위하여 나의 몸과 시간을 쏟을 것이다. 내가 직접 이루어내고 싶은 마음이 한가득이지만 반드시 내가 아니어도 된다. 나와 함께하는 코치 또는 선수가 성장을 거듭해서 훗날 이루어내도 된다. 그런 마음으로 지금도 축구를 하고 있다. 그리고 그런 마음을 이 책에 담았다.

극히 일부를 제외하고 이 책은 내가 광주 FC 감독으로 부임하고 있을 때 쓰였다. 책을 마무리할 즈음 적을 옮기면서 광주 FC와 함께하던 이야기를 현재형에서 과거형으로 수정해야 했고 그때마다 애틋하기도 하고 아련하기도 한 감정이 가슴을 스쳐 갔다. 비록 나에겐 과거형이 되었을지라도 그들을 응원하는 마음은 늘 현재진행형일 것이다. 구단과 선수들, 그리고 팬들 모두의 앞날을 응원한다. 언젠가 경쟁 상대로 만날 때 실로 반갑게 주먹을 마주하며 더없이 좋은 축구로 겨루게 되기를 바란다.

축구밖에 모르는 축구인이 쓴 축구 이야기지만 축구 밖에 있는 사람들에게, 그다지 축구를 보지 않는 사람들에게도 도움이 되었으면 하는 바람이다. 미래에 대한 확신 없이 어두운 곳에서 그저 한 걸음씩 내디뎌야 하는 사람들에게 지금의 시간을 버텨내는 데 조금이나마 보탬을 줄 수 있다면, 쩔쩔매며 글을 만져왔던 시간이 그 이상 보람될 수 없을 것이다.

차례

제3장 음덕양보 陰德陽報

水
滴
窄
石

졌으면
울어라

1997년 9월 5일 주계대학축구연맹전의 마지막 경기, 나는 전년도 우승팀인 홍익대를 상대하고 있었다. 예선전부터 일곱 경기를 정말 힘들게 치르고 결승까지 왔으나 상대가 만만치 않았다. 전반을 마쳤을 때 스코어는 2대 1. 점수도 밀리지만 경기력은 더 답답했다. 감독님은 결국 회심의 카드를 꺼냈다. 이탈리아에서 열린 하계 유니버시아드 대회에 참가했다가 오늘 막 귀국한 안정환을 교체로 내보낸 것이다.

대학축구의 전설로, (아니 그냥 솔직히 말하자) 대학생 안정환의 전설로 회자되는 그 시간이 시작됐다. 내가 보기에 정환이는 후반 45분 내내 열심히 뛰지는 않았다. 후반 10분쯤부터 25분까지, 한 15분쯤 열심히 뛰었다. 그러나 그 15분 동안 안정환의 모든 것을 보여주었다. 후반 17분 어시스트로 동점을 만드는 데 기여하더니, 23분에는 수비수 세 명을 드리블로 제치고는 골키퍼 위로 로빙슛을 날려 골로 성공시켰고, 바로 1분 뒤에 패널티 지역 오른쪽에서 쐐기골을 박았다. 다른 선수가 넣은 한 골까지 포함하여 경기는 5대 2. 안정환의 2골과 1어시스트 활약 덕에 우리 아주대의 압승이었다.

우승하여 대회 MVP를 선정할 차례였다. 당시는 대회 우승팀 내에서 자체적으로 최우수 선수 한 명을 선정하는 문화였다. 누가 봐도 묘한 기운이 느껴졌다. 지금이 바로 대학 스타 안정환의 서사를 완성시켜야 하는 순간이라는 분위기가 스멀스멀 피어올랐다. 감독, 코치는 물론이고 취재하러 온 주변 기자들조차 기대에 부풀어 있는 눈빛이었다. 감독님이 정환이에게 가서 조용히 이야기를 주고받는 게 보였다. 무슨 이야기일지 뻔했다. 네가 MVP를 받으라는 거지 뭐겠는가. 주장으로서 여태 후배들을 이끌고 대회 내내 아등바등하며 올라왔던 나의 노력은 이미 한참 전에 뒷전이 되었다. 하지만 나도 그날 경기를 같이 뛰며 이미 정환이의 독무대를 다 본 마당인데 뭐 할 말이 있을까? 정환이가 감독님에게 곤란해하며 내 쪽을 가리키고 뭐라 설명하는 게 보였다. 나중에 그가 말하길, 자기는 대회를 통틀어 45분 뛴 게 전부이니 주장으로서 대회를 이끈 이정효가 받아야 한다고 답했다더라. 뭐, 굳이 나한테 말을 해주지 않아도 나도 이미 다 알고 있었다. 잠시 뒤에 내게로 건너와 나를 MVP로 뽑기로 했다고 말하던 감독님의 표정과 말투가 아쉬움으로 가득했으니까. MVP를 저렇게 떠넘기듯 어쩔 수 없이 줄 수도 있는 거였나? 그날 나는 집으로 가며 MVP 트로피를 쓰레기통에 처박았다. 그 트로피는 틀림없이 내가 그동안 10년 넘도록 축구를 하며 받았던 어떤 상장과 트로피와도 비교되지 않을 만큼 큰 상이었지만 버리면서 아무 미련도 없었다. 주장이라는 이유만으로 받은, 조금도 영광스럽지 않은, 나 자신에게 납득이 되지 않은 영광을 찬장에다 진열해 두고 싶은 마음은 추호도 없었다.

이인자로서의 내 처지는 대학에서 안정환이라는 선수를 처음 만났을 때부터 이미 다 예정된 것이었다. 초등학교 때부터 고등학교 때까지 나는 상당히 뛰어난 선수로, 아마 도에서 알아주는 수준이었다고 해도 되었을 거다. 그러니 그해 전라도 출신 중에 유일하게 축구 명문 아주대에 합격했던 것일 게

다. 입학 후 첫 훈련에 갔더니 신입생이 열두 명이었고, 감독님은 우리를 둘로 나눠 6대6 경기를 시켰다. 그리고 거기에 정환이가, 축구선수는 물론이고 어느 운동선수에게도 걸맞지 않은 외모를 빛내며 서 있었다. 딱 5분 뛰고 알았다. 신의 축복을 받은 사람이 있구나, 하는 것을. 그전에는 어떤 실력자를 만나든 상대를 넘어서야 할 벽이라 여겼는데 이건 경우가 달랐다.

시간이 지나며 친해져서 많이도 같이 다녔지만 의식적으로 그를 멀리했던 때도 있었다. 정환이는 할 때는 하는 선수였지만 내 기준에서는 대단히 성실하지는 않았던 거다. 타고난 재능이 있어서 토할 정도로 노력하지 않아도 되었던 그와 달리 나는 그렇지 않았다. 똑같은 수준으로 노력하면 나의 미래는 불 보듯 뻔했다. 죽어라 하고 노력해야 그나마 따라갈 수나 있을 거라고 생각했다. 그리고 혹시 아는가. 정말 미치도록 노력하면 나도 말도 안 되는 성장을 이뤄서 언젠가 그를 넘어서는 때가 올지도 모르는 일 아닌가.

하지만 도저히 근처에 다다를 수도 없었다. 어느 날엔가는 어두운 밤에 혼자 훈련을 하다가 밝을 때 정환이가 하던 훈련을 똑같이 따라 해봤던 적도 있었다. 정환이가 찰 때는 발에 착착 감기며 골대 구석에 착착 꽂히던 그 공이 내 말은 죽어라 안 듣는 것이다. 심지어 녀석은 지금쯤 놀다가 잠이나 자고 있을 텐데. 그날 밤 나는 달빛 아래서 억울함과 분함을 못 참고 발을 구르며 미친 사람처럼 울었다. 한때 주변의 누구보다 축구를 잘한다고 생각(착각)했던 나는 잘 알고 있었다. 내가 좋아하는 영역에서 실력을 발휘하고 인정을 받는 것만큼 반짝이는 순간이 없다는 것을. 이제는 다른 것도 알게 되었다. 내가 좋아하는 영역에서 충분히 잘하지 못한다는 슬픔이 얼마나 아픈 것인지를.

타고난 것이 다를 수도 있지, 자신이 최고가 아닐 수도 있지, 심지어 상대가 안정환인데 대체 이게 다 큰 남자가 울 일인가 싶을 거다. 분명히 말하는데, 나에게 이것은 울 일이었다. 그것도 통곡을 해대며 울 일이었다. 20대 초반의 나는 강한 상대를 보고 인정할 줄 아는 사람이었지만, 동시에 지는 것을 진심으로 싫어하는 사람이었다. 안정환이라는 그 비현실적으로 높은 벽을 보면서도 언젠가 따라잡을 수 있다고 여기고, 적어도 도저히 따라잡을 수 없는 것에 화내고 자책하고 최소한 울기라도 하는 사람이었다. 그리고 지금도 그런 태도로 축구를 하고 있다.

지는 것을 죽기보다 싫어하는 마음, 그것이 프로로 일하는 사람이 가져야 하는 첫 번째 마음가짐이다. 이것이 없으면 아무엇도 시작되지 않는다. 열 번 겨뤄서 열 번 다 지더라도 여전히 지는 것을 싫어해야 한다. 승자에게 손이 아플 정도로 박수를 쳐주면서도 속으로는 울면서 칼을 갈고 있어야 한다.

지는 것을 좋아하는 사람이 어디 있겠냐고? 내가 보기에 많은 이들이 충분할 만큼 싫어하지 않는다. 그들은 져놓고선 곧잘 정신 승리를 택해버린다. 졌지만 잘 싸웠다고, 그래도 우리는 상대와 달리 떳떳하다고, 그래도 나는 좋은 축구를 했다고, 나는 상대에게 없는 것을 가지고 있다고. 미안하지만 나는 그럴 생각이 없다. 애써가며 자신을 위로하는 사람에게는 만에 하나 있을 기회도 오지 않으니까. 정신 승리는 그날 내가 받은 MVP 트로피 같은 것이다. 패자한테 건네는 개평 따위, 나는 받을 생각이 없다.

내가 옆길로
샐 수 없는 이유

스물다섯 살에 아킬레스건이 파열되었다. 더 이상 축구를 할 수 없겠다는 생각을 안고 부모님께 찾아가 공부를 해보겠다고 말씀드렸다. 그때 어머니는 나를 응원해주었지만 그 옆에 있는 아버지의 표정은 썩 좋지 않았다. 아버지는 뜸을 좀 들이며 말했다.

"한 번만 더 해보지 그러냐."

축구선수에게 아킬레스건이 끊어지는 부상이 얼마나 치명

적인지를 모르고 하는 말씀처럼 들렸다. 하지만 아버지의 말은 축구의 길을 이미 반쯤 접고자 마음먹은 나를 무겁게 짓눌렀다. 내가 느끼는 아쉬움보다 아버지가 느낄 실망감의 무게가 배는 더 무겁다는 것을 나도 잘 알고 있었다.

내가 처음 축구를 시작한 것은 아버지의 권유 때문이었다. 거동이 불편한 아버지와 몸이 약한 어머니와 달리 나는 운동신경 좋은 몸을 타고났다. 자신과 반대의 길을 걸었으면 했던 것인지, 아버지는 열 살의 나에게 축구선수라는 꿈을 안겨주었다. 아버지는 그 불편한 다리로 아들을 자전거 안장에 태우고 매일 아침 학교에 데려다주었다. 20분 정도 걸리는 그 군산 시골의 등굣길이 참으로 즐거웠던 기억이 난다.

4학년의 어느 날에는 평소처럼 자전거 위에서 아버지 등을 붙잡고 학교에 도착했는데 주번을 맡은 6학년 형이 아버지의 다리를 보고는 코웃음을 치는 거다. 아버지가 집으로 가는 걸 보고, 나는 그 6학년의 반으로 찾아가서 왜 웃었냐며 덤벼들었다. 태어나서 해본 첫 싸움이었다.

중학교, 고등학교 때도 선수 생활을 이어갔고 곧잘 했다고 말해도 부족함이 없었다. 당시 내가 뛰던 축구부에는 선배가 후배를 때리고 괴롭히는 문화가 있었고 아무리 실력이 좋아도 후배는 그걸 피할 수 없었다. 뭔가 오늘은 맞을 것 같은 날이 있다. 그런 날이면 친구들은 연습을 빠지고 도망가자고 나를 꼬드겼다. 나는 단 한 번도 친구들을 따라간 적이 없었다. 친구들이 도망친 날이면 나는 그들의 몫까지 얹어서 더 맞았다. 더 억울한 건 같이 도망치지 않았다는 이유로 친구들마저 나를 따돌렸다는 것이다. 선배한테 맞고 친구들한테 욕먹는 나날이 이어져도 별수 없었다. 나로서는 축구 말고 다른 길로 눈을 돌릴 수가 없었다. 나는 다리가 불편한 아버지와 이 길을 같이 걷고 있는 셈이었고 그래서 옆길로 새는 것은 상상할 수도 없었다. 이 길만 보고 가야 했다. 항상 노력해야 했고 항상 올바른 길을 걸어야 했다. 사춘기도 없었다. 그 시절의 나에겐 반항도 사치였다.

고등학교 시절 팀의 성적이 좋았던 덕분에 아주대학교에 합격했다. 정환이뿐만 아니라 실력 좋은 선수들이 많았다. 그런데도 2학년에 이르러서는 서서히 주전선수로 뛰며 이런저런 대회에 참가했다. 종종 아버지는 지방에서 대회가 열리면 짐을 싸서 불편한 다리를 이끌고 왔다. 여섯, 일곱 차례의 경기를 치르는 며칠 동안 아버지는 모텔을 잡고 혼자 지내며 알아서 대충 끼니를 때웠다. 경기를 앞두고 나는 운동장을 삥 둘러봤고 저편 한적한 곳에 혼자 앉아 있는 아버지가 보였다.

대학교 4학년, 추계대학축구연맹전에 참가했을 때는 주장

완장을 매고 등번호 10번을 달았다. 정환이는 이탈리아에서 열린 유니버시아드 대회에 가서 없었다. 이런 말 하기는 좀 쑥스러우나 정환이가 없는 경기면 나는 상당히 반짝반짝하는 선수였다. 경희대학교와의 8강전이 열렸다. 3대 0으로 이기고 있다가 세 골을 내준 뒤에 승부차기에서 우리가 다시 뒤집은 경기였다. 그날따라 아버지는 관중석의 한적하고 조용한 곳에 앉지 않고 사람들이 많은 곳 가운데에 앉아 있었다. 아마도 아버지가 먼저 앉은 뒤에 자리가 차서 어쩔 수 없이 그런 사람 많은 자리가 된 것일 터였다. 그런데 하필 주위 사람들이 다들 상대인 경희대 학생들의 학부모였다. 경기 중에 경희대 학생의 어머니, 아버지들이 그렇게들 이야기했다고 한다.

"와, 저 아주대 주장은 진짜 잘한다."

"쟤 10번은 프로 가겠는데?"

평소엔 말도 없으신 분이 그런 말들을 듣고 있으려니 기분이 너무 좋았나보다. 주체하지 못하고 그 부모님들에게 이야기했단다.

"저애가 제 아들입니다."

나중에 어머니가 그 이야기를 듣고는 아버지를 아주 나무랐다. 주책맞게 상대팀 부모들 있는 데서 그런 소리를 왜 하나고. 나는 그 이야기를 듣고 혼자 방에 들어가 울었다. 축구하기를 참 잘했다 싶었다.

경희대 부모들의 예언처럼 나는 정말 프로선수가 되었다. 그때부터는 열 살부터 대학교 시절까지 그랬던 만큼은 빛나지 못했다. 없으면 아쉬운 선수, 있으면 있는 대로 제 몫은 해주는 선수로 한 팀에서 11시즌을 뛰고 은퇴했다. 그리고 지금은 감독까지 되어 여전히 아버지와 함께 같은 길을 걷고 있다. 1943년생인 아버지는 지금도 군산에 살고 있고 다리가 불편해서 이제 좀처럼 아들의 경기장을 찾아오지는 못한다. 그러나 아들의 경기가 있는 날마다 달력에 크게 적어두고 결코 중계방송을 놓치지 않는다.

사람들은 곧잘 나에게 말하곤 한다. 사람이 대체 어떻게 그리 축구밖에 모르냐고, 축구에 미친 사람이냐고. 축구하는 사람이니까 축구밖에 모른다는 그 말을 나는 칭찬으로 받아들인다. 내가 축구밖에 모르고 사는 이유는 여러 가지가 있다. 축구라는 스포츠가 가진 근원적 재미 때문이기도 하고, 내가 가장 잘하는 것을 계속 잘하고 싶기 때문이기도 하고, 우리 선수들을 성장시켜야 한다는 사명 때문이기도 하다. 그러나 그 많은 이유의 근간에는 단 하나, 내가 축구하는 모습을 보며 그토록 좋아하는 나의 아버지가 있다.

오직 벼랑 끝만을
걸어가겠다는 마음으로

2025년 4월 코리아컵 4라운드. 빠듯한 일정 때문에 그동안 출전 기회를 덜 받던 선수들에게 기회를 주었고 그들이 2대 0으로 승리를 거머쥔 뒤에 라커룸에 모였다. 오늘따라 나 혼자서 이 시간을 채우고 싶지 않았다. 오랜만에 선발로 출전한 하승운 선수가 눈에 들어와 그에게 물었다. 요즘 경기 들어갈 때 어떤 생각을 하느냐고. 하승운 선수는 잠깐의 뜸을 들이더니 입을 열었다.

"오늘이 마지막이라고 생각하면서 경기 뛰어요."

그 안에 어떤 진심이 담겨 있는지 조금은 짐작되는 바가 있었다.

하승운은 인성도 좋고 훈련도 열심히 하는 선수지만 자신의 한계점이 왔을 때 늘 그것을 뚫고 가지 못했다. 성장의 가능성이 더 이상 열린 듯하지 않았고, 그래서 이 팀에서 더 뛰는 것이 맞을지를 고민하는, 그리고 그 고민을 선수와 공유하는 단계에까지 이른 적도 있었다. 그런데 팀에서 배제될 수도 있다는 위협이 그를 움직인 걸까? 어느 순간 보니 하승운 선수의 몸과 마인드가 완전히 달라져 있었다. 예전에는 선수치고 군살도 좀 있는 편이었는데 복근에 선명한 왕 자가 새겨져 있었고, 후배나 동기들한테 더 뛰라고, 더 달려들라고 매섭게 다그치는 모습도 보였다.

그 모습을 보며 하승운 선수에게 말하곤 했다. 난 지금의 네가 너무 좋다고, 지금처럼만 하면 넌 뭐든 해도 될 거라고. 그러고는 속으로 말을 삼켰다. 딱 3, 4년만, 아니 1, 2년만 빨리 이 선수에게 저 변화가 찾아왔더라면 그사이에 진짜 많이 성장했을 텐데. 아마 누구보다 본인이 잘 알았을 것이다. "오늘이 마지막이라고 생각하면서 경기 뛰어요"라는 그 말에는 '왜 진작 못 했을까'라는 후회가 묻어 있었다. 동시에 절박한 집념도.

오늘이 내가 뛰는 마지막 경기라면 그 경기를 어떤 마음으로 뛰겠는가. 그 말을 듣는데 어쩌면 그렇게 내 이야기처럼 들릴 수 있는지 놀라울 정도였다.

나는 줄곧 낭떠러지에 서 있는 것 같다. 축구판에서 이름이 좀 알려진 지금도 달라진 게 하나 없다. 한번 미끄러지면 다시는 이 높이에조차 못 올라올 거라는 생각이 든다. 그렇다고 내가 있는 이 위치가 그리 대단한 높이도 아니다. 떨어지면 죽기는 할 정도의 높이라 할까. 선수 때 화려하게 커리어를 보내고 국가대표에도 수없이 뽑혀서 은퇴 후에 지도자 과정으로 넘어오면 바로 K리그1의 감독부터 시작할 수 있는 사람의 시작점 정도의 높이다. 아니, 심지어 그보다 조금 낮은 정도라고 생각한다.

나보다도 한참 저 뒤에서 걸어오는 이들도 많은 것을 잘 알지만 나도 나름 밑바닥이나 다름없는 위치에서 시작했다. 경력이 부족하고 인지도가 없으니 어쩔 수가 없었다. 대학팀 코치, 대학팀 감독, 프로팀 코치로 10년 동안 경력을 쌓아 겨우 프로팀의 감독을 맡았으나 내가 통제할 수 없는 영역이 항상 있었다. 내로라하는 축구인들에게 나는 감독 같지도 않은 감독, 한때 '콘이나 놓던 놈'이었으니까.

정말 웃기는 점이 뭐냐면, 세상은 나처럼 이 악물고 올라온 사람을 환영하고 응원하는 것 같으면서도, 한편으로는 어느 때가 되면 시원하게 추락해주기를 간절히 바란다는 것이다. 그래서 더욱 방심하거나 정신을 놓아서는 안 된다. 남들이 응원해준다고 안심해서는 안 된다. 나한테 패자부활전은 없다고, 더 죽기 살기로 해야 한다고, 더욱 마음을 다잡는다.

흔히들 "사람은 위기에 몰렸을 때 본성이 나온다"고들 한다. 나는 그 말을 정말 싫어한다. 평소에 위기의식을 갖고 살아가지 않는, 그러지 않아도 되는 이들의 태평한 말이라고 생각한다. 강등 위기에 직면하지 않아도 언제든 강등될 수 있다는 위기감을 느끼고 긴장해야 한다. 이유는 단순하다. 그러다 진짜로 강등되니까. 지금 K리그2*에 소속된 구단 중에는 한때 한국 축구를 호령하던 강호들도 상당히 있지 않은가.

내가 걷는 길이 조금이라도 평탄한 것 같다면 애써 스스로를 낭떠러지로 몰아가야 한다. 나 같은 사람은 더욱 그래야 한다. 스스로 낭떠러지 쪽으로 향하지 않더라도 어차피 남들이 나를 그쪽으로 슬쩍슬쩍 떠밀 거다. 아예 내가 알아서 그쪽으

---

* 한국의 프로 축구 시스템 중에서 2부 리그의 명칭. 상위 리그로는 1부 리그인 K리그1이 있다. 승강제에 따라 매 시즌이 끝난 뒤에 K리그1의 일부 하위권 팀은 2부로 강등되고 K리그2의 일부 상위권 팀은 1부로 승격된다.

로 걸어주는 편이 낫다. 은퇴할 때까지 그 길을 걸어야 한다.
정신 바짝 차린 채로, 오늘이 내 마지막이라고 생각하면서.

다시 빼앗으면
그만이다

그렇게나 처참할 수 없던 알 힐랄 SFC와의 2024-25시즌 ACLE* 8강전. 세계에서 제일 돈이 많은 사우디 리그에서도 최고 명문으로 꼽히는 구단인 만큼 내가 평생 상대해볼 일이 없

---

* AFC 챔피언스리그 엘리트(AFC Champions League Elite)의 줄임말. 아시아 최고의 축구단을 가리는 클럽 대항전이며, 유럽으로 치면 UEFA 챔피언스리그에 해당한다. 아시아 최고 레벨로 인정받는 K리그에서는 3개 팀이 출전권을 부여받는다.

던 수준의 선수들을 적으로 만나는 것은 꽤나 새로운 경험이었다. 그중에서도 내 눈에 유난히 돋보이는 선수가 있었으니 바로 주앙 칸셀루였다. 오른쪽 풀백이라 유난히 가까이서 보이기도 했지만 단순히 그래서만은 아니었다. 한때 세리에A와 프리미어리그 안에서도 단연 최고로 평가받던 재능의 풀백이 아니던가. 그가 패스를 받고 연계하는 것을 보는 순간 감탄과 함께 자연히 그런 생각이 들었다. 아, 저거였지.

지도자 생활을 시작할 때부터 지금까지 줄곧 해외 축구를 보면서 항상 발견하는 '다름'이 있었다. 그 다름은 유럽 현지 축구장에서 직접 내 눈으로 보면 더욱 확연히 다가왔는데, 바로 앞에서 같은 눈높이로 보니 또 달랐다. 팀이 무참하게 밀리는 와중에도 그야말로 경탄이 나왔다.

어느 감독이든 선수들에게 항상 말한다. 볼을 받기 전에 주위를 보라고. 축구에서는 주위를 둘러보는 그 행동을 '스캔'이라고 부른다. 웬만한 국내 선수들도 다들 공을 빼앗기지 않기 위해 미리 스캔을 한다. 그러나 해외 상위 리그에서 뛰는 선수들의 플레이를 직접 보면 뭔가 달라도 다르다. 그들은 빼앗기지 않기 위해서가 아니라, 어떤 플레이를 하기 위해서 스캔을 한다. 다가오는 상대를 보는 것은 물론이고, 동료가 어떻게 움직이고 있는지를 보며 그 짧은 순간 동료의 다음 움직임을 상상하고 예측한다. 그리고 나의 다음 플레이 역시 상상하고 공을 받고부터는 그것을 구현한다. 칸셀루가 그라운드에 있는 내내 보여주는 움직임이 딱 그런 것이었다.

물론 그렇게 스캔해서 얻은 예측이 틀릴 수도 있다. 그리고 실제로 마음처럼 구현이 되지 않을 수도 있다. 플레이로 구현하기에 내 몸이 충분하지 않았을 수도 있고, 상상 자체가 옳지 않았을 수도 있다. 그런데, 그것이 뭐 어떻다는 것인가?

최악의 경우란 공을 허무하게 빼앗기는 것이 아니라, 선수가 실수를 피하려는 이유로 상상을 그만두는 것이다. 선수는 실수하지 않겠다는 마음으로 플레이해서는 안 된다. 감독도, 스태프도 마찬가지이다. 프로로서 일을 하는데 실수하지 않으려고, 욕먹거나 혼나지 않는 것을 목표로 한다? 그런 사람은 얼른 다른 일을 알아보는 것이 좋다. 세상에는 실수를 하지 않는 것이 지상 과제인 직업도 많으니까. 거기에 축구가 들어갈 자리는 없다.

내가 선수들에게 항상 강조하는 이야기가 있다. 과감하게 무언가를 시도했다가 처참하게 빼앗긴다면? 그 즉시 영리하게 동시에 지저분하게 부딪쳐서 다시 공을 가져오면 된다. 2000년대 후반 그토록 강력했던 게겐프레싱 전술이 보여준 것처럼, 뺏긴 공을 다시 되찾아 올 때에 결정적인 공격 기회가 오고 그때야말로 어느 상황보다 골이 잘 들어간다. 빼앗기면, 다시 뺏어오면 그만이다. 그러니 빼앗기는 것을 걱정할 필요가 없다. 실수를 두려워하고 다음 플레이를 상상하지 않는 선수에겐 기회 같은 것은 결코 찾아오지 않는다.

이 '상상의 무게'에서는 감독인 나도 벗어날 수 없다. 감독이 실수와 실패를 두려워하면 코치도, 선수도 덩달아 두려워하는 법이다. 나부터가 무참한 실패의 가능성이 빤히 보이는 와중에도 감히 무언가를 시도하려 들어야 한다. 감독에게 최악의 경기는 7대 0으로 지며 농락당하는 경기가 아니다. 최악은 감독이 무엇을 보여주려 하는지가 전혀 보이지 않는 경기다. 뚜렷한 의도 없이 90분이 그저 흘러가는 경기. 감독이 이 한 번의 승부에서 무언가를 하려고 했다는 '의도'가 눈에 보여야 한다. 그날 무슨 일이 벌어질지를 예측하고 내가 원하는 방향으로 경기를 구현할 수 있을지를 자유롭게 상상하는 것이 감독의 일이다. 나는 절대 하지 않겠다는, 버스 두 줄 세우고 수비만 하는 그런 축구도 어쨌든 의도가 있는 축구다. 개인적으로는 참 싫어하지만 최악은 절대 아니라는 말이다.

절실한 사람이
방법을 찾는다

2021년, 제주 유나이티드 FC에서 수석코치를 하던 중에 생각했다. 언젠가 나에게 한 팀의 감독을 맡을 기회가 온다면 어떤 팀에서 내게 제안을 해올 것인가? 11시즌 동안 프로 무대에서 뛰었고 코치 일을 제법 오래 했다고 하지만 국가대표에 오른 적도 없고 선수 커리어로는 한참이 밀리니 1부 리그 팀에서 연락이 올 리는 만무하다. 당연히 2부라고 봐야 한다. 하나 더, K리그2 안에서도 재정이 넉넉한 기업 구단은 아닐

가능성이 크다. 아마도 여기저기가 조금씩 망가져 있는 팀, 원활하게 굴러가지 않고 어딘가 삐걱거리는 팀, 처음부터 다시 만들어야 하는 팀일 것이다. 그래, 이것이 나의 현실이다. 그 현실에 맞추어 준비하면 된다.

당연히 팀 내에 개인 역량이 압도적인 선수는 없을 것이다. 그럼 선수를 성장시켜서 기량 좋은 선수로 만들면 된다. 좋은 선수로 성장시키려면? 수비적인 축구로는 선수를 성장시키는 데 한계가 있다. 어떻게든 상대를 뚫어보려고 능동적으로 생각하는 공격 축구를 구사해야 한다. 나의 공격 축구를 향한 철학은 그렇게 광주 FC라는 팀을 맡기 전부터, 어느 팀을 맡게 될지도 모르는 시점부터 정립되기 시작했다.

후에 광주 FC 감독직에 오르고 나서 구단의 여건을 둘러보았다. 5년 전에 이미 여기서 1년 동안 코치로 근무한 적이 있기에 짐작은 하였지만 역시나 여전히 열악했다. 전용 연습구장도 없어서 운동장 이곳저곳을 떠돌며 훈련을 한다고 했다. 광주월드컵경기장, 광주축구전용구장, 광주축구센터를 번갈아 쓰고 있다고. 심지어 경기장과 전용구장은 대관을 해도 잔디를 보호해야 한다는 이유로 일주일에 2회로 제한됐다. 사실상 주된 훈련장은 광주축구센터였는데, 그곳은 엄밀히 말해 프로축구팀이 전용 연습구장으로 삼을 곳은 아니었다. 배수가 안 되어 여름에는 아예 훈련을 하지 못할 때도 있었고 그럴 때는 클럽하우스 복도에서 실내 훈련을 한다고 했다. 뭐? 복도에서 훈련을?

기업 구단 몇 곳에서 코치로 있으며 훨씬 더 훌륭한 시설을 경험해봤던 나로서는 당연히 만족스럽지 않았다. 그러나 불만을 가질 수는 없었다. 내 선수 커리어가 약하니까 이리로 온 거다. 그 커리어를 알고도 나에게 고마운 기회를 제시한 곳이다. 그리고 애초에 불만을 가지거나 핑계를 찾을 시간도 여유도 나에겐 없다.

열악하고 부실한 환경에 놓이는 사람은 두 갈래로 나뉜다. 한쪽엔 환경 탓을 하며 종종 다른 곳과 비교하는 사람이 있고, 다른 쪽엔 환경처럼 자신이 컨트롤할 수 없는 것은 제쳐두고 지금 내가 할 수 있는 것을 하는 사람이 있다. 나는 당연히 후자다. 절실한 사람은 애초에 안 된다는 생각을 하지 않는다. 그리고 노력하는 사람은 방법을 계속 찾는다. 수많은 방법을 생각하고 행동으로 옮긴다. 물론 끝내 방법이 나타나지 않는 비극도 일어나지만, 그러나 적어도 그들은 집중해서 방법을 찾는 과정에서 자신도 모르게 성장을 이루게 된다.

그리고 내 경험에 따르면 대개는 방법이 아주 미세하게라도 있다. 훈련장만 해도 그랬다. 2년 전 광주월드컵경기장 측에서 주 2회로도 모자라, 하루 두 시간 이상을 쓸 수 없다고 통보해왔다. 조기축구를 해도 운동장을 세 시간은 빌리는데 프로팀이 두 시간 동안 뭘 할 수 있지? 처음에는 설마 광주 축구를 대표하는 우리더러 나가라고 하겠냐고 가벼이 생각했는데, 실제로 훈련 도중에 쫓겨나고 나서는 이게 장난이 아니구나 싶었다. 방법을 찾아야 했다. 두 시간 내에 선수들 워밍업 시키고 다 같이 모여서 전술에 관해 이야기하고 할 시간이 없었다. 그래서 워밍업은 클럽하우스 복도에서 하고 시간이 딱 되면 1분 1초가 지나가는 걸 아쉬워하며 다 같이 경기장으로 뛰어갔다. 경기장 내에서 이야기하는 시간도 아까워서 훈련 전에 미리 모여 오늘 어떤 훈련을 할 것인지 상세히 설명하고 전술적이고 이론적인 이야기는 미리 다 나누고 나갔다. 그러고 맞은 경기장에서의 두 시간은 굉장히 알차게 지나갔다. 오히려 이거 원래 두 시간이면 충분했구나 싶기도 했다.

진심으로 노력하면 방법이 나온다. 선수들을 상대하면서 제일 미운 선수가 누구인지 아는가. 핑계를 대는 선수다. 핑계라는 건 끝이 없어서 핑계를 대는 사람은 죽을 때까지 핑계만 댄다. 지난번에 한 공격수에게 왜 공중볼을 경합하지 않았느냐고 따졌더니 라이트 불빛 때문에 공이 보이지 않았다고 하더라. 하다 하다 라이트까지? 핑계를 댈 때는 댈 때마다 그것을 못 대게 막아야 한다. 어떤 환경, 어떤 상황일지라도 아주 핑계를 대지 않는 것이 답이다. 절실한 사람은 방법을 찾고 절실하지 않은 사람은 핑계거리를 찾는다.

그럼 이 절실함을 선수로부터 어떻게 끌어낼 수 있을까? 절실함과 간절함이란 건 사람마다 다 다른 것 아니었나? 다 방법이 있다. 절실함은 무슨 헝그리 정신 같은 게 아니다. 부족하다고 해서 다 절실한 것이 아니다. 부족해도 편안한 사람이 있고 풍족해도 절실한 사람이 있다. 절실함은 환경이나 조건과 상관없이 '지금에 안주하지 않는 태도'에서 나온다. 안주하지 않는 선수를 만들려면 안주하지 않는 팀을 만들면 된다. 모든 개인의 태도를 하나하나 바꾸는 것보다 팀의 문화를 통째로 바꾸는 것이 빠르고 쉽다. 속 편했던 선수가 팀 안에서 오직 자신만이 지금에 안주하고 있다는 데서 외로움을 느끼고 용기 내어 저 안으로 들어가게 하는 것, 그것이 안주하지 않는 팀을 만드는 길이다.

대수롭지 않게
다시 일어날 것

새천년이 시작되었을 때 나는 축구선수로서의 기량을 드디어 꽃피우고 있었다. 첫 시즌에는 단 한 경기도 출전하지 못했지만 그다음 시즌에는 감독님이 바뀌면서 당시 감독대행을 맡은 장외룡 감독님께 중용되었고 20경기에나 출전했다. 9월에 한번 출전한 이후로는 꽤 제 몫을 해서 시즌이 끝나도록 단 한 번의 출전 기회도 잃지 않았다. 이제 3년 차가 되어 처음으로 6천만 원이라는 계약금을 받았다. 상당한 고생길이었지만 이제야 나의 축구 인생이 제대로 열린 듯싶었다. 그렇게 시작된 다음 시즌도 몸이 좋았다. 더 높은 곳을 목표로 할 수도 있을 것 같았다.

아직도 날짜까지 기억하는 2000년 6월 5일, 운동장에서 워밍업을 하고 있었다. 점프를 하고 착지한 뒤에 다시 앞으로 달려나가는데 누군가 내 발 뒤를 걷어찼다. 잠깐 주저앉았다가 등 뒤를 봤더니 아무도 없었다. 무슨 느낌이었지? 다시 뛰려고 일어났다. 왠지 뒤가 뜨겁고 뭔가가 움직이지 않는다는 느낌이 들었다. 방금 걷어차였다고 착각했던 부위를 만져보았다. 뼈와 살이 있을 곳에 양말만이 만져졌다. 땀으로 범벅인 와중이었지만 온몸에 소름이 돋았다.

아킬레스건이 끊어지는 부상이 축구선수에게 어떤 의미인지를 당시 25살의 나는 잘 알고 있었다. 그곳에서 같이 훈련했던 정환이도 나중에 이야기하더라. 쟤 끝났구나, 생각했었다고. 나는 온몸이 축 늘어진 채 들것에 실려 갔다. 수술 일정을 잡는 것도 난관이었다. 한시가 급한데 다음날이 현충일 아닌가(그래서 날짜를 정확히 기억한다). 어렵게, 정말 어렵게 6월 6일에 바로 수술을 잡았고 휠체어를 탄 채로 아시아나 항공에 올랐다.

수술은 무사히 마쳤고 병원에 누워서 내 발을 보는데 아버지 생각이 났다. 거동이 불편한 아버지는 내가 축구하는 모습을 보는 걸 삶의 낙으로 여기고 사는 분이다. 그리고 그 불편한 아버지를 싫은 소리 한번 없이 돌보았던 어머니. 똑같이 다리가 불편해져서 아들이 선수 생활을 못 하게 되면 이제 어떻게 될까? 차마 다리 수술을 했다는 소식을 두 분에게 전할 수가 없었다.

미루고 미뤄서 더는 미룰 수가 없었을 때 어머니에게 전화를 했고, 다쳐서 수술을 했다고 슬쩍 알린 뒤에 집으로 내려갔다. 내 선수 생활은 거의 끝났겠구나, 어느 정도는 각오한 차였다. 밝은 목소리를 끌어내서 대수롭지 않다는 듯이 어머니에게 말했다. 내가 축구를 어떤 노력으로 해왔는지 어머니가 누구보다 잘 아시지 않느냐고, 그 노력으로 공부를 하면 뭐든 할 수 있지 않겠느냐고. 어머니의 말이 돌아왔다.

"할 수 있지."

그래서 제2의 인생, 수험생 이정효의 삶을 시작하기로 했다. 대학을 가야 하니 수능을 봐야 했다. 문제집도 사고 학원도 알아보았다. 그때도 나는 꿈은 크게 잡고 목표는 구체적으로 세우는 사람이었다. 지금 들으면 비웃지 않을 사람이 없을 것 같은데, 내가 정한 나의 장래 진로는 피부과 전문의였다. 당시 어디에선가 읽은 칼럼에서 사람들이 점차 피부에 돈을 엄청나게 쓰는 시대가 오리라는 전망이 적혀 있었고 거기에 공감한 것이었다. 나는 서점에서 피부와 관련한 책을 들여다보고 피부과 전문의 이정효의 모습을 그려보았다. 공부를 몇 년 만에 하는 건데도 참으로 야무진 생각이었다. 다만 상당한 선견지명이긴 했다.

그런 생각으로 두 달쯤 지내다가 수험생 이정효로서 병원을 찾았다. 담당 의사가 말했다. 수술이 아주 잘됐다고, 다시 운동할 수 있겠다고. 다만 올해는 못 한다더라. 이제 일반적인 사람보다는 아킬레스건이 약하니 나이 먹도록은 할 수 없을 거라고 했다. 나는 그럼 얼마나 더 할 수 있겠느냐고 물었다.

"기껏해야 5년 정도겠어요."

5년이라. 생각보다 긴데? 아니, 그 정도면 충분히 해볼 만하다. 다시 한번 해보자, 그러나 또 끊어지면 그때는 진짜 멈추고 공부하자, 하는 마음으로 나는 축구선수의 삶으로 돌아갔고 재활을 시작했다.

재활 과정은 만만치 않았다. 아무리 가벼운 마음으로 돌아왔어도 일단 시작하면 내가 정말 열심히 하는 사람 아니던가. 아니, 열심히 하는 것으로는 성에 차지 않는다. '재활'이라는 말에 어울리지 않을 정도로 독하게, 무식하게 했다. 발목에 충격이 갈 수 있어서 뛰지는 못하고 대신 자전거를 탔다. 몇 시간씩 타니까 꼬리뼈에 물집이 잡혔다. 그걸 알면서도 무식하게 계속했던 바람에 지금도 흉터가 크게 남아 있다.

당시에 위로가 되었던 것이 있으니, 재활 병원에 같이 있던 배드민턴 선수들이었다. 아킬레스선이 끊어지는 가능성이 1만분의 1이라던데 그게 거의 다 이 종목에서 배출되는 건가 싶을 정도로 배드민턴 선수들이 참 많았다. 그런데 이 사람들이 부상을 참으로 대수롭지 않게 여기는 거다. 원래 종종 끊어지는 거라고, 반년 열심히 하면 다시 경기에 나갈 수 있다고, 다 노하우가 있다고 나를 안심시켰다.

다치고 난 뒤 1년쯤 지난 2001년 6월 17일 포항 스틸러스와의 원정 경기 때 드디어 그라운드에 돌아왔다. 재활을 그렇게나 열심히 했고 연습 때도 아무렇지 않았지만 오랜만에 경기를 뛰고 나서 보니 아킬레스건이 꽤 부어 있었다. 역시 실전은 다르구나 싶었다. 나는 그 시즌 22경기를 출전하며 활약했다. 피부과 전문의라는 또다른 인생을 살지 못한 것이 전혀 아쉽지 않았다.

크게 될 사람에겐
어울릴 시간이 없다

오전에 코칭 스태프들과 모여 미팅을 하고 있었다. 전화가 몇 번을 울리기에 결국 받았더니 구단과 관계된 좀 높은 분이었다. 오늘 점심을 함께하자는 이야기였다. 가만 보자. 오후 1시에 선수들과 팀 미팅을 하기로 되어 있다. 그 뒤에도 다른 미팅, 그리고 또다른 할 일이 예정되어 있다. 점심을 함께하기는커녕 시간이 없어 식사 자체를 건너뛰게 생겼다.

광주 FC는 한 달의 스케줄이 미리 나오고 나도 거기에 철저히 맞춰서 움직여야 했다. AT* 선생님과 피지컬 코치들이 선수들의 몸 상태에 최적화하여 고심해가며 짠 스케줄이다. 내가 감독이랍시고 함부로 어기고 움직이면 모두의 할 일이 미뤄지고 선부 불편해진다.

죄송하지만 시간이 없다며 거절했다. 일주일 전에는, 적어도 사흘 전에는 연락을 주시면 좋겠다고 했다. 그렇게 전화를 끊고 다시 열면 회의로 돌아갔다. 다 마치고 자리를 정리하는데 문득 생각이 들었다. 또 굉장히 싸가지가 없게 보였겠구나. 이유라도 자세히 설명할 것을 그랬나? 이미 늦었다.

코치 시절을 돌이켜보면 참 이곳저곳을 따라다녔고 그럴 수밖에 없었다. 밥도 먹고 차도 마시고 때로는 딱히 좋아하지도 않는 술도 마셨다. 코치에서 곧 감독으로 넘어가는 시기에 주변의 많은 사람들이 나에게 조언했다. 감독은 축구만 잘해서는 안 된다고, 감독이란 직업은 일종의 매니지먼트이므로 축구 자체뿐만 아니라 그 밖의 여러 다양한 사람들을 만나고 다녀야 한다고 했다. 그래야 서로 어려울 때 도움을 줄 수 있다나. 성적이 안 좋은 사람을 누가 어떻게 도와주지? 그 말이

---

* Athletic Trainer. 부상으로부터 선수를 지키고 보호하며 운동 수행을 효과적으로 할 수 있도록 하는 역할을 담당한다.

그냥 웃겼다.

그리고 2021년 12월 감독이 되어 실감했다. 감독은 만나지 않아도 되는구나. 그동안은 가자고 하면 갈 수밖에 없었지만 이제는 싸가지 없다는 소리를 감당하면 끝이었다. 이제 와 돌이켜보건대, 왜 그렇게 많은 시간을 밥 먹고 술 마시고 커피 마시고 다니며 낭비했나 싶었다. 내가 사업가도 아니고 인맥이, 정치적 관계가 다 무슨 소용인가. 축구는 그냥 실력으로 하는 거다. 실력이 없으면 아무리 인맥이 좋아도 도태되는 것이다. 그러니 사람 만날 시간에 영상 하나라도 더 보고 더 만들면서 실력을 키우는 것이 우선이다.

우연히 라디오에서 JYP 박진영 씨가 하는 말을 들었다. 그는 한국 사회가 지닌 인맥 사회의 면모를 매우 싫어한다고 했다. 자기가 굳이 왜 다양한 사람을 만나야 하는지 모르겠다고, 그 만남이 자신이 가장 하고 싶은 일을 할 수 있는 시간을 뺏는다고 했다. 진심으로 공감했다. 쓸데없는 만남은 쓸데없는 생각을 가져다준다. 사람이 주변의 모든 걸 다 챙길 수는 없다. 내가 아무리 한 가지에만 몰입하고 싶다 해도, 관계가 넓어지고 깊어지면 당연히 그만큼 몰입이 얕아진다.

나는 그저 축구에만 깊어지고 싶다. 만약 그러다가 결과가 나지 않았을 때 기댈 곳이 없다면? 그만하고 그냥 나가떨어지면 되는 거다. 실력이 안 되니 기댈 곳을 찾고 싶은 것이다. 스스로 실력에 자신이 있다면 그냥 기댈 만한 것을 없애버려야 한다. 자기 자신을 낭떠러지에 밀어붙여야 한다. 그러려면 반드시 혼자가 되어야 한다.

일과가 끝나고 오늘의 할 일을 마쳤을 때 나는 홀연히 사라진다. 누군가와 같이 다니는 것 자체를 기피하고 따로따로 다니는 편을 선호한다. 그런 나를 보고 누군가는 그렇게 말할지도 모른다. 나와 함께하는 코칭 스태프를 키울 생각이 없느냐고.

사람을 성장시키는 방법에는 자꾸 끌고 다니면서 저녁 먹고 잔소리하는 것만 있지 않다. 성장을 시키려면 그에게 과제를 건네면 된다. 모두가 각자의 영역에서 프로이고 책임자가 아닌가. 자신의 일을 해오도록 맡기고 명확히 책임을 부여하면 된다. 술자리에서만 가르쳐주는 영업 비밀? 애초에 축구에는 그런 게 없다. 축구라는 종목에서는 모든 걸 공유하지 않으면 절대 강팀으로 나아갈 수 없다. 따라서 축구와 관련하여 내가 아는 것을 전부 다 공유하고, 그들은 배울 것을 배우고 부족한 것은 본인들이 마련해와서 나에게 조언하고 보완해주면 된다. 그들이 책임자이기에 나는 따른다.

일과가 끝나면 자유 시간이다. 끌고 다니는 건 그들의 시간을 빼앗는 짓이다. 심지어 성장할 수 있는 결정적인 시간을 강탈하는 거다. 진실되게 노력하는 사람에겐 따로 혼자 적립하는 시간이 반드시 필요하다. 감독이 한 것을 보고 무엇이 좋았고 나빴는지를 고민하고, 나라면 이렇게 해서 저렇게 하리라 하고 상상할 시간을 둬야 한다. 원정을 갔을 때 내가 코치와 스태프들이 개인실로 각자 방을 쓸 수 있도록 구단에 요구하는 것도 그 때문이다. 자기 일에 집중하려면 조용히 혼자 있어야 한다.

나는 크게 될 사람이고 그들도 크게 될 사람들이다. 그러니 우리는 오늘도 홀연히 사라진다. 그리고 뭉쳐야 할 때가 오면 다시 하나로 똘똘 뭉칠 것이다.

나의 말로
나를 몰아세워라

많이들 오해하는 사실이 있다. 사람들은 한국의 스포츠 기자들이 나를 몹시 미워한다고 여긴다. 커다란 오해임을 여기서 밝혀두고 싶다. 국내 기자님들은 나를 대단히 좋아한다. 축구 감독들 중에 나만큼 기삿거리가 될 내용을 자기 입으로 술술 이야기해주고 행실에 눈치 보지 않는 사람은 없다. 상대 감독 연봉이 얼마인지 묻고, 무려 어린이날에 관중 앞에서 자기 선수를 밀치고, 싸우자는 거냐며 기자회견에서 따지고. 기자님들은 언제든 내가 메인 기사에 걸리고 조회수가 터지는 언행을 던져주기를 기대하고 나는 곧잘 그것을 충족시킨다. 비즈니스적으로 얼마나 좋은 관계인가.

내 기억에 처음 본격적으로 내가 언론의 도마에 오른 것은 이 말 때문이었다.

"저렇게 축구하는 팀에 졌다는 게 제일 분합니다."

2023년 K리그1에 승격하고 인천 유나이티드와의 승부에 이어 두 번째로 맞은 경기였다. FC 서울씩이나 되는 팀이 저 풍족한 전력을, 저 정도 기량의 선수들을 가지고 이제 막 승격한 우리를 상대로 수비적으로 내려서는 전략을 펼치는 것이다. 우리 압박이 잘 통하기도 했지만 그보다 상대가 하프라인을 넘어올 생각이 별로 없어 보였다.

전반 40분 엄지성 선수가 단독으로 돌파하며 골망을 갈랐지만 비디오 판독을 통해 골이 취소되었다. 어딘가 조급해하는 것이 눈에 보였다. 엄지성은 후반이 시작되고 8분 만에 옐로카드를 받더니 2분 후에 하나를 더 받으면서 경고 누적으로 퇴장당했다. 서울은 그때부터 공격적으로 나왔고 우리는 수적 열세를 극복하지 못했다. 2대 0 패배였다.

기분이 너무 좋지 않았다. 그냥 패배해서가 아니라 선수들이 경기를 못 치르지 않았는데도 패배한 탓이었다. 그래서 기자회견에서 소감을 묻자마자 그 문제의 발언이 나와버렸다.

안 하는 편이 좋을 말이긴 했다. 지인을 통해 상대 감독님께 사과 말씀도 전했다. 돌이켜보면 그날 서울이 펼친 전술은 우리를 상대로 아주 현명하게 준비한 것이었다. 분명한 의도가 있는 축구였다.

하지만 그것이 하나의 전술이며 구현하기 위해 피땀 흘린 선수들이 있는 것을 알지만, 그러한 수비적인 축구를 어엿하고 당당한 축구라고 긍정하기에는 공격 축구를 향한 나의 철학이 그리 얇지 않다. 나는 공격 축구가 옳다고 생각하고 그것을 입증하고 싶어하는 사람이다. 따라서 수비적인 축구를 부정하고 파훼하고 싶다. 그것을 미워하고 그것이 틀리다는 생각이 드는 것은 나도 어쩔 수가 없다.

다행히도 언론의 질타에 꽤나 수세에 몰렸으나 팀과 광주 FC의 팬들에게는 나의 지향점이 일찍이 잘 전해진 것 같았다. 우리 정체성이 크게 강화되었다 할까. 감독이 사회적 자해까지 감행하며 공격을 강조하고 수비를 부정했는데 선수들이 수비적인 축구를 구사할 수 있겠는가. 팀과 팬들에게만 전해진 것이 아니었다. 나 스스로도 한번 더 다짐하는 계기가 되었다. 그런 말까지 했는데 앞으로 '저렇게 축구'하면 안 되지. 얼마나 부끄러운 일인가. 차라리 잘됐다 싶었다.

어차피 궁지에 몰릴 것이라면 나의 철학과 진심을 담은 말에 스스로 몰아세워지는 것이 낫지 않은가. 승부사의 처지는 어찌 됐든 종종 낭떠러지로 몰리게 되어 있다. 내가 나를 그리로 밀어넣고, 남의 말이 아닌 내 말에 책임을 지는 편이 훨씬 나은 길이라고 생각한다.

누군가는 그렇게 말할지도 모르겠다. 호기롭게 던진 너의 말이 결국 부메랑처럼 너한데 돌아올 것이라고. 그래, 그럴지도 모르겠다. 그리고 만약 그런다면 그 돌아오는 부메랑을 잡고 다시 멀찍이 던지면 된다. 다시 돌아오면 또다시 잡아 던지면 되고. 그럴 자신감과 깜냥도 없이 나 같은 사람이 이 바닥에서 어떻게 감독을 하겠는가.

전적이 있으니 전보다는 더 조심하긴 할 것이다. 가령 경기 후 기자회견을 하던 중에 이유가 어찌되었든 기자에게 "싸우자는 겁니까?"라고 되물은 발언은 좀 심하긴 했다. 하지만 그렇다고 해서 내가 앞으로 몸을 사릴 것이라고는 기대하지 않는 편이 좋을 거다.

뭔가를 시도해야
뭔 일이 벌어진다

2024년 8월, 울산과 맞붙은 코리아컵 준결승 경기였다. 후반전 9분에 후방 지역에서 공을 돌리다가 골키퍼 노희동 선수가 미드필드 지역으로 공을 낮게 깔아 패스했다. 공이 애매하게 굴러갔고 상대 미드필더는 그 실수를 놓치지 않고 태클로 끊어냈는데 하필 공격수 야고 카리엘로 선수에게 연결되었다. 전진해 있던 골키퍼는 아직 제 위치로 돌아가지도 못한 참이었고 당연한 실점으로 이어졌다.

후방 빌드업을 하는 과정에서 결정적인 실수가 나오면 곧장 실점으로 이어지는 위협 상황이 펼쳐진다. 특히 울산같이 개인 기량이 좋은 공격수들이 있는 팀 앞에서 그런 실수를 범하는 것은 알아서 골을 내주는 것과 다름이 없다. 그로부터 불과 한 달 전 강원 FC와 대결하면서도 평소 자신의 역할과 거리가 먼 센터백을 맡은 허율 선수가 빌드업을 하다가 공을 빼앗겨 그 즉시 실점한 적이 있었다. 또 4월에 전북과 붙었을 때도 추가시간에 골키퍼의 패스 미스가 실점으로 이어져 2대 1로 패배하고 말았다.

뼈아픈 실책이고 당연히 순간적으로 화가 솟구쳐오르지만 이런 일로 선수를 질책해서는 안 된다. 공격 축구를 구사하는 광주 FC에는 약간의 리스크를 안고 가더라도 후방에서 만들어가는 빌드업이 반드시 필요했다. 그 과정에서 실수와 실점은 어느 정도 나오기 마련이다. 골키퍼와 수비수가 실수해서 골을 먹지 언제 골을 먹겠는가. 애초에 시즌을 준비하면서 어림해서 계산도 해놓았었다. 38경기를 치르면 두세 번은 이런 장면이 나올 거라고 짐작했다. 때가 되어서 그냥 그것이 나온 거다. 내가, 감독이 이런 축구를 원해서 시켰고 선수들이 그것을 구현하다가 때가 되어 나올 만한 실수가 나온 것이다.

오히려 내가 선수를 질책하는 경우는 공을 빼앗기지 않으려고 공격수도 없는 곳으로 멀리 뻥 차버리거나, 안전하게 공을 돌리기만 할 때이다. 아마도 수비적인 축구에서 가장 많이 벌어지는 그림은 U자 빌드업일 것이다. 이는 상대의 압박이 가장 느슨한 수비수와 측면 미드필더 사이에서만 공이 왔다갔다 하는 상황을 말한다. 중앙으로 공이 과감하게 스며들지 못하고 그저 공간이 널널한 곳에서만 공이 돌아다닌다. 축구라는 재미있는 스포츠가 얼마나 지루해질 수 있는지를 보여주는 플레이다. 어떻게든 시간을 끌어야 하는 상황이 아니라면 나는 그것을 '경기 운영'이라 부를 수 없다. 그냥 '안 빼앗기기 게임' 또는 '폭탄 돌리기'라고 하면 모를까.

축구에서 공격이란 기본적으로 공간을 찾는 일에서 비롯된다. 선수들은 빌드업을 하며 좁은 곳에서 넓은 곳을 찾아내야 한다. 어떻게 해서 겨우 넓은 데를 찾아냈더니 순간적으로 상대가 좀 멀리 떨어져 있다? 그때는 과감히 전진해야 한다. 이 상황에서도 공을 옆으로 또는 뒤로 돌리는 것은 공격을 포기하는 것이고 팬들을 농간하는 것이다. 패스와 빌드업은 결국 전진을 하기 위한 것이고, 전진은 골을 넣기 위한 것이다.

빼앗길까 봐, 실패할까 봐 두려워하는 축구를 어느 누가 돈과 시간을 들여 보고 싶겠는가. 실패를 두려워하는 마음보다 내가 도전하지 못한 것에 대한 후회가 더 막심하리라 생각하고 경기에 나서야 한다. 특히 공격 위치에서 공을 잡았거나 넓은 공간을 점유하여 가능성을 거머쥔 선수는 무조건 공격을 시도해야 한다.

드리블을 잘하는 선수는 알고 보면 실전에서 드리블을 하다가 수없이 많이 빼앗겨본 경험을 지닌 이들이다. 일대일 돌파를 하다가 실패하고 공을 내주는 경험을 쌓고 쌓다보면 이걸 어떻게 뚫고 빠져나가야 하는지 점차 판단이 서게 된다. 특히 파이널 서드* 지역에서 공을 잡았다면 과감하게 드리블을 하든 크로스를 올리든 슈팅을 때리든, 하다못해 상대의 가랑이 사이로 공을 집어넣든 뭔가를 시도해야 한다.

무엇이 이 시도를 어렵게 하는 것인지 나도 잘 안다. 과감한 시도를 할수록 결정적인 실수로 자주 이어지는 법이다. 축구에서는 뭔가 새로운 시도를 하려다가 맥없이 빼앗기고 그러다 실점으로 이어져서 벤치행이 되는 일이 허다하다. 그리고 지도자가 가장 주의해야 하는 것이 그 지점이다. 지도자는 선수의 용기 있는 시도가 얼마나 무참한 실패로 돌아가든 상관없이 똑같은 믿음을 주어야 한다. 다음 경기를 뛰고 다음의 시도를 하는 데에 아무런 영향이 없도록 해주어야 한다.

---

* Final Third. 경기장을 가로로 삼등분했을 때, 공격 진영의 마지막 구역을 뜻한다.

2025년 리그 2라운드, 최강 전력의 전북을 상대로 후반에 교체로 스물두 살의 어린 강희수 선수가 투입되었다. 체력도 쌩쌩한 참에 찾아온 소강상태가 답답했던 것이었을까? 그는 공을 잡더니 길게 끌며 순간적으로 한 40미터 정도를 드리블하며 측면 돌파를 시도했다. 그러나 전북의 수비수가 만만치 않았다. 상대는 강희수가 중앙으로 뚫고 나가는 것을 좀처럼 허락하지 않았고, 잠시 공이 조금 멀리 굴러갔을 때 몸싸움을 통해 강희수의 앞으로 몸을 집어넣었다. 강희수는 다시 공을 탈취할 수 없었지만 그렇다고 단념하지도 않았다. 빼앗김과 동시에 상대의 등을 강하게 밀고 당겼고, 마지막에는 홧김에 또는 답답함에 상대를 살짝 내동댕이치는 기색도 있었다. 측면에서만 이루어진 그 장면은 하이라이트 영상에도 담기지 못할 그저 지나가는 장면이었지만, 나는 경기가 끝나고 라커룸 대화에서 모든 선수를 향해 그 장면에서의 강희수 선수를 칭찬했다. 바로 저렇게 빼앗겨야 되는 거라고.

가장 처참한 실패에도 기꺼이 칭찬을 건네야 한다. 물론 순간적인 탄식은 나올 테지만, 그것은 그 시도가 통했을 때 어떠한 아름다운 결과가 나왔을지를 알고 기대했기 때문에 비롯된 아쉬움이다. 그 탄식이 곧 칭찬이었음을 선수에게 말해줘야 한다.

배려는 승부의 세계에서
존중이 아니다

NBA 리그에 '가비지 타임'이라는 용어가 있다는 것을 들었다. 승패가 이미 결정 났다고 해도 될 만큼 점수 차가 크게 벌어졌을 때 발생하는 말 그대로 '버리는 시간'이다. 이때 감독은 주전선수를 빼서 휴식을 주고 성장하는 후보 선수들에게 기회를 준다. 그리고 큰 점수 차로 이기고 있는 팀이 마지막에 공격 기회를 얻었을 때는 슛을 던지지 않는 것이 불문율이다. 상대 팀에 대한 일종의 배려라나. 덩크라도 하면 상대를 자극

하는 일이 돼서 싸움으로 번질 수도 있다. 그래서 부저가 울리기도 전에 상대와 미리 악수를 나누는 일도 있다고.

처음 그 이야기를 들었을 때 어마어마한 충격을 받았다. 축구와 내 유일한 취미인 골프를 제외하고 다른 스포츠에 완전한 문외한이라 하는 말이겠지만, 그런 게 정녕 스포츠에서 일어나는 일인가? 미국은 푯값도 만만치 않을 텐데 비싼 돈 주고 온 관중들이 그걸 참고 봐준다고? 선수들끼리 배려하느라 팬은 배려하지 않는 건가?

물론 축구에도 시간을 끄는 장면이 얼마든지 나오고 그런 축구는 상대는 물론이고 보는 사람을 무척 짜증나게 만든다. 그런 짓이 심해지면 심지어 자기가 응원하는 팀이어도 플레이를 응원하고 싶지 않아진다. 그러나 그것은 이기고 있는 팀이 쓰는 의도적인 전략이다. 반드시 승리를 거두어야 하고 승점 1점이 아쉬울 때, 이기는 팀은 무리해서 공격하기보다는 열심히 공을 돌리는 편을 택한다. 지고 있는 팀은 그 짜증나는 플레이를 막으려고 거세게 압박하고 경우에 따라서는 반칙도 범한다. 그리고 잘만 하면 그 압박이 제법 통하기도 한다. 수준이 많이 차이나는 팀들 간의 경기가 아니라면 한쪽이 몇 분 동안 평화롭게 공만 돌리는 장면은 축구에서 좀처럼 일어나지 않는다.

하긴 생각해보면 수십 경기에 한 번쯤, 눈살이 찌푸려지는 그런 장면이 나오기는 하는 것 같다. 무슨무슨 비극, 이라고 불리는 경기들을 돌아보면 후반 막판에 가서는 이기고 있는 팀도 지고 있는 팀도 더 이상 플레이하는 것의 의미를 잃은 채 얼른 이 시간이 지나기만을 바라며 공을 찬다. 그럴 때 팬들은 경기가 끝난 뒤의 체증과 혼잡을 피하기 위해 하나둘 자리를 뜬다. 이쯤 되면 경기장에서 펼쳐지고 있는 그 행위는 축구가 아니게 된다.

2024년 9월에 벌어진 ACLE 조별리그, 요코하마 F. 마리노스와의 경기는 실로 역사적인 경기였다. 광주 FC로서는 최초로 진출한 아시아 챔피언스리그 경기였고, 나로서도 감독이 되어 처음으로 외국의 강호를 상대하는 경험이었다. 그 경기에서 우리는 7대 3이라는 스코어로 대승을 거두었다. 우리의 축구가 한국 바깥에서도 충분히 통한다는 것을 확인한 셈이니 경기가 끝나고 당연히 잔칫집 분위기의 라커룸이 상상되겠지만 실제로는 그렇지 않았다. 그날의 라커룸에서 나는 엄청난 잔소리와 호통을 선수들에게 퍼부었다.

광주 FC의 선수들이 그 경기에서 칭찬과 찬사를 받아 마땅한 놀라운 경기력을 보인 것은 틀림없었다. 그러나 그건 80분까지였다. 경기 종료를 10분 남기고, 어쩌면 골이 많았으니 추가시간이 많이 주어지는 걸 고려하면 20분을 남기고는, 선수들의 태도가 풀어지는 것이 눈으로 보이는 것이다. 공을 잡은 상대에게 공간을 내주었으면 얼른 지저분하게 부딪쳐야 하는데 압박도 느슨하고, 충분히 과감하게 공격으로 나서야 하는 상황에서 뒤나 옆으로 돌리는 패스가 몇 차례 나왔다. 그걸 보면서 내 억장이 무너졌다.

80분대에 6대 2라는 스코어라면 물론 여유 있는 상황이긴 하다. 그러나 축구에서 20분은 무슨 일이든 벌어지는 시간이다. 그 경기만 해도 55분부터 75분 사이에 양팀 합쳐 다섯 골이 들어갔다. 무슨 일은 꼭 아무 일도 일어날 것 같지 않을 때만 골라서 일어난다. 따라서 축구에 여유 부릴 때란 존재하지 않는 것이다.

게다가 축구는 분위기가 계속계속 이어지는 스포츠다. 전반의 마지막이 후반의 초반으로 이어지고, 전 경기의 마지막 분위기가 그다음 경기로 이어진다. 나는 요코하마 전에 이어서 우리가 리그 경기에서 2패를 당한 것이 결코 무관하지 않다고 생각한다. 이기고 있는 분위기를 끝까지 이어갔다면 결과는 달랐을지도 모른다.

내가 화를 낸 가장 큰 이유는, 이기는 팀이 끝까지 최선을 다하지 않고 고삐를 늦추는 것이 상대를 존중하지 않는 태도라고 여기는 데 있다. 가끔 대승을 거두는 것이 확정적인 상황에서도 끝까지 추가골을 넣어 가지고 나나 광주 FC가 비판을 받는 일이 있었다. 왜 그렇게 기록에 목을 메냐고, 좀 지나친 것이 아니냐고. 정확히 말해주련다. 네다섯 골쯤 앞섰다고 우리 공격의 기세를 죽이는 것은 상대를 농간하는 행위다. 오히려 4대 0이면 5대 0, 6대 0을 만들기 위해 노력하는 게 상대를 존중하는 길이다. 항상 최선을 다하는 것이 진짜 축구다. 55분부터 75분 사이에 네 골을 넣었다면 남은 시간 20분 동안 네 골을 더 넣겠다는 의지로 뛰어야 한다.

가비지 타임? 연봉 100억씩 받는 여유 있는 NBA 선수들, 너희나 실컷 그렇게 하기를 바란다. 축구엔 버리는 시간 따위는 없다.

최선의 위에는
최고의 자리가 있다

0대 7.

아시아 챔피언스리그 8강전 알 힐랄과의 경기 결과였다. 어려운 경기가 되리라고는 생각했다. 유럽 축구를 좀 봤다면 거의 다 알 만한 얼굴들로 채워져 있고, 상대 선수 한 명의 연봉이 광주 FC 선수단 전체의 연봉보다 높은 팀이다. 무려 네이마르가 얼마 전까지 뛰던 팀 아닌가. 따라서 우리의 공격적인 철학은 지키되, 상대가 어마어마한 강팀인 걸 고려하여 이런저런 변칙적인 작전을 세웠다. 그러나 축구란 것은 간혹 생각한 대로, 계획한 대로 흘러가지 않는다. 그날 생각한 대로 흘러간 것은 오직 하나. 빠르게 실점하면 전반에 0대 3까지 끌려갈지도 모르니 초반부터 그것만은 조심하자고 생각했는데 정확히 그렇게 흘러갔다.

경기 전에 "개 바르거나 개 발리거나 둘 중 하나"라고 인터뷰했지만 정말 내 지도자 경력을 통틀어 더없을 만큼 제대로 당했다. 이런 경기는 그후에 이어지는 기자회견도 고역이다. 상대 팀 조르제 제주스 감독이 악수를 거부한 것에 대한 질문에 진심이 너무 그대로 튀어나왔다. 별로 신경 쓰고 싶지 않다고, 어차피 안 볼 사람이라 괜찮다고.

종종 경기장에 남아서 분석코치와 함께 간단히라도 경기에 대한 리뷰를 나눌 정도로 복기하는 것을 미루지 않는 편이지만 이날만큼은 바로 경기를 돌아보는 것이 쉽지 않았다. 복기라는 것도 경기에 대한 아쉬움이 남아야 하게 되는 것 아닌가. 아쉬움이란 말은 0대 7로 지고 나서 쓰는 말이 아니다.

숙소로 돌아와서도 분이 사그라들지 않았다. 감독이 되어 처음으로 악수 거부라는 것도 당하고, 참 대단한 날이다. 경기가 끝나고 돌아오면 머리를 비우기 위하여 일부러라도 축구 생각을 떨치려고 애쓰고 그것이 꽤 통하는 편인데 그날은 쉽지 않았다.

다음날 한국에 돌아온 뒤 드디어 노트북을 열어 영상을 돌려봤다. 이제야 좀 어제의 패배를 객관적으로 돌아볼 수 있었다. 우리가 준비한 대로 공격을 풀어나갈 수 없었을 때 또 다른 플랜을 내놓을 수 있어야 했는데. 상대가 우리의 분석보다도 훨씬 더 빠른 축구를 구사하리라고 예상했어야 했는데. 각각의 선수가 지닌 기량 차이에 더 대비했어야 했는데. 몇몇 순간을 수십 번씩 돌려보다보니 반복적으로 보이는 명확한 차이가 있었다.

수비진에서 공을 획득했을 때 공격수들이 거칠게 압박을 가하는 것은 알 힐랄이나 우리 팀이나 마찬가지였다. 내가 만든 광주 FC가 어떤 팀인가. 수비하는 팀이 아니라 압박하는 팀 아니던가. 그러나 주앙 칸셀루나 후벵 네베스를 보면 그런 압박 상황 속에서도 앞을 보고 최고의 선택지를 찾아내 그리로 공을 건넸고 따라서 우리 압박은 맥없이 벗겨지며 바로 상대의 공격으로 이어졌다. 반면에 우리 수비진은 알 힐랄 공격수들의 거센 압박이 오면 그 압박을 피하기 위한 공간으로 공을 돌렸다. 쉽사리 공을 빼앗기진 않았지만 그뿐이었다. 압박에서 벗어나 잠시 한숨을 돌렸을 뿐.

즉, 우리는 우리가 할 수 있는 최선의 선택을 했고, 상대는 우리와 같은 상황에서 최고의 선택을 했다. 그것이 우리 팀과 알 힐랄의 차이였다. 최고最高와 최선最善. 사전적인 의미는 그리 다르지 않을지도 모르겠다. 그러나 그 둘의 실질적인 뜻은 너무나 다르게 들렸다. '최선의 수'란 당시 그 상황에 놓여 있던 나로서 꺼낼 수 있던 가장 좋았던 방법, '최고의 수'란 그냥 그 상황에서 꺼낼 수 있는 가장 훌륭한 방법이다. 최선과 다르게, 최고에는 나의 사정 같은 건 감안되지 않는다. 그리고 최선의 위에는 언제나 최고의 자리가 마련되어 있다.

이 최고의 영역이란 그동안 K리그의 강팀들과 붙으면서도 깨닫지 못한 것이었다. 나와 코치진들만 알아서는 안 된다고 생각했고, 주장급 선수들에게 일일이 전화까지 해서 전했다. 좌절과 굴욕만을 남겨준 0대 7 대패가 마침내 자산이 되는 순간이었다. 하다못해 크게 이겨 반성할 구석이 없을 것 같은 경기에서조차 복기를 통해 얻는 것이 가득한데, 우리가 가진 최선을 다하고도 크게 진 이런 경기는 얼마나 귀한 자산인가.

그리고 복기 이야기가 나와서 말인데, 경기 후 인터뷰에서 제주스 감독더러 어차피 안 볼 사람이라 말했던 것은 이제 와 돌이켜보면 다소 경솔한 발언이었다고 생각한다. 언젠가 다른 무대에서 그를 다시 만나길 바란다. 그때는 더 좋은 축구로 제대로 발라주겠다.

여섯 번을 내리 져도
나의 축구를 해라

삶의 질이라는 면에서는 축구선수가 훨씬 만족스러웠지만 선수로 뛰면서 그것을 '천직'이라 여겼던 적은 없던 것 같다. 반면 감독으로 일하면서는, 이만큼이나 나에게 맞는 직업이 세상에 있을까 싶을 때가 많이 있다. 운 좋게도 뒤늦게나마 천직을 찾았다는 생각이 종종 든다.

물론 이 일이 나에게 행복을 주느냐고 묻는다면 행복만큼이나 불행도 같이 준다고 답할 수밖에 없다. 그것도 상당한 양의 불행을. 감독을 하며 겪어야 하는 스트레스의 수준은 실로 어마어마하다.

오랜만에 만나는 주변 지인이나 선수들에게 가끔 듣는 소리가 있다. 몇 년 만에 보니 그새 나이가 많이 들었다고. 그럴 수밖에. 스트레스가 노화를 부른다던데, 축구 감독이란 늙지 않을 수가 없는 직업이다. 감독을 하며 꼭 필요한 마음가짐 중 하나로 "감독은 선수를 기다려줄 줄 알아야 한다"를 뽑지만, 감독을 기다려주는 사람은 어디에도 없다. 이건 기다림이 허락되지 않는 직업이다. 고용 안정성이 이만큼 떨어지는 직업이 또 있을까?

시즌을 운영하다보면 부진의 시기가 한 번 이상 꼭 찾아온다. 유럽 리그에서 간혹 '무패우승'을 하는 팀이 나온 적이 있으나 그것은 말 그대로 기적이며, K리그 역사에서는 일어난 일이 없다. 아무리 강팀이어도 파훼법은 존재하고 리그라는 장기전을 겪으며 몇 번은 넘어지기 마련인데, 일반적으로 부진이란 한 경기만으로 끝나지 않는다.

2022시즌 K리그2에서 그토록 압도적인 레이스를 펼치고 있을 때도 홈에서 10연승을 기록하고 나니, 무슨 신호탄이라도 터진 듯이 4경기 3무 1패라는 부진이 찾아왔다. 승격 후 2023년에는 8라운드부터 7경기 동안 3무 4패를 거두었고 다들 '승격팀의 한계'라고 떠들었다. 그리고 2024시즌에도 그 시기가 찾아왔으니, 개막 후 2연승을 하고 나서 6연패의 수렁에 빠지며 꼴찌로 떨어졌다. 그동안 팀에 항상 좋은 기록만 가져다주었는데 이번에 가져다준 건 '구단 역사상 최다 연패'라는 불명예스러운 기록이었다.

여섯 경기를 연속으로 졌다는 것은 팀이 한 달 넘게, 정확히는 52일 동안 패했다는 말이다. 경기에서 졌다고 해서 선수들에게 휴일 훈련을 예외적으로 시키거나 하는 일은 결코 없으나, 패배가 거듭되면 감독과 선수는 더 이상 휴일을 휴일처럼 보내지 못하게 된다. 이기든 지든 체력적으로 힘든 것은 매한가지이다. 그러나 감독과 선수에게는 승리가 곧 휴일이며, 승리는 정신적으로 한 번의 리프레시를 가져다주고 몸과 마음의 피로를 한번 씻겨 내려가게 하는 듯한 경험을 안긴다. 반면에 6연패를 거두고 있다면, 50일이 넘는 기간 동안 휴일도 없이 일하는 기분으로 살아야 하는 것이다.

압박은 팀 안에서만 머무르지 않았다. 3연패를 거둘 때부터 서서히 기사가 늘어나더니 4연패, 5연패에 이어 6연패까지 이르니 언론이 신이 난 게 느껴졌다. "광주 FC의 '주도하는 축구'의 한계가 드러난 거다", "2년차 징크스다", "이정효 파훼법이 나왔다" 등등 여러 말들이 쏟아졌다. 선수들의 경기력이 특별히 나쁜 것도 아니었고 운도 너무 따라주지 않았으나 지고 나서 감독이 억울해하면 무엇하겠는가. 패배는 감독의 책임인 것을.

승리하지 못하는 것도 문제지만 골을 계속 먹히고 있는 것도 문제였다. 하지만 공격을 주도하는 축구를 포기하고 수비 위주의 축구를 해서 '비기는 축구'를 노리는 것은 나와 광주 FC가 취할 선택이 아니었다. 말했듯이 공격 축구를 향한 나의 철학은 얕지 않다. 광주 FC 감독직을 맡으며 내가 하지 않기로 한 것이 네 가지 있었다. 타협하지 않을 것, 상대에 맞추지 않을 것, 환경에 맞추지 않을 것, 힘들어하는 나 자신에게 맞추지 않을 것. 만약 그렇게 맞춰주지 않다가 내 자리를 빼야 하는 상황이 오면? 얼른 깨끗이 감독직을 비워주면 그만이다. 실력이 되지 않는 것 자체에는 미련이 크지만, 내 실력이 감당하지 못하는 자리에는 절대 미련을 둘 생각이 없었다.

2024년 5월 1일, 제주 유나이티드와의 9라운드에서 3대 1로 이기며 마침내 승점을 챙겼다. 압박에 짓눌리지 않으려고 노력하지만 그때는 상당한 압박이 쌓여 있긴 했었나보다. 경기 종료 휘슬이 울리고 안도의 한숨을 내쉬는데 적지 않은 피로가 밀려왔다. 52일 만에, 이제 좀 잘 수 있게 되었다.

리그는 약 9개월이 이어지는 장기전이다. 선수로 뛰면서 컵

대회 우승컵은 들어본 적이 있지만 끝내 리그 우승컵을 들지 못했다. 감독이 되어서 2부에서 리그 우승을 거두었으나 아무래도 1부 리그 우승컵을 향한 목마름이 항상 있다. 리그 우승이 가장 각별히 탐나는 이유는 그것이 가장 우승하기 힘겨운 대회이기 때문이다. 리그는 선수들의 기량이 좋다고 해서 또는 구단의 재정이 넉넉하다고 해서 우승할 수 있는 대회가 아니다. 9개월을 큰 문제 없이 운영할 수 있는 장기적인 계획과 자원이 필요하며, 필연적으로 찾아올 굴곡을 넘어설 수 있는 체력과 지혜가 있어야 한다. 그러나 그토록 이루기 힘든 만큼 얻는 것도 많다.

리그를 운영하는 동안 분명히 또다시 부진의 시기가 찾아올 거다. 무조건 한 번은 온다. 6연패도 당연히 있을 거고, 어쩌면 그보다 굴욕적인 숫자의 연패도 지나쳐야 할지도 모른다. 그러나 그때도 절대 나의 고유한 색깔을 잃지 말기를, 다른 누군가의 축구가 아니라 우리의 축구로 연패를 끝내기를, 상대를 못하게 만드는 것이 아니라 우리가 잘해서 굴곡을 지혜롭게 건너기를 스스로에게 당부한다.

80분을 버티면
10분의 기회가 온다

    얼마 전 스포츠 뉴스를 통해 한 K리그2 경기 소식을 접했다. 충북 청주와 서울 이랜드의 경기였고, 두 팀 모두 당시 분위기가 좋다고는 할 수 없었다. 서울 이랜드는 다섯 경기째 승리를 거두지 못했다. 리그에서 다섯 경기면 약 40일 동안 벌어진다. 선수나 감독이나 40일이 지나는 동안 이기는 맛을 못 보고 있던 것이다. 그러나 더 안 좋았던 쪽은 충북 청주였다. 순위상 강등권에 포함되어 있었고, 지난달 성적 부진 탓에 감독이 사임하고 감독대행이 팀을 맡았지만 벌써 세 경기째 승리가 없었다.

승리의 추는 더 간절한 쪽에게 기울었다. 충북 청주의 2대 1 역전승이었고, 시즌 중반까지 오는 동안 홈에서 맞은 첫 승이었다고 한다. 홈에서 거의 1년 만에 거두는 승리였는데 뉴스에서 강조하는 것은 승리 자체나 경기 내용이 아니었다.

2대 1로 앞서고 있던 후반전 추가시간, 감독대행을 맡은 최상현 코치가 무릎을 꿇고 기도하기 시작했다. 9분이라는 긴 추가시간이 드디어 끝났음을 알리는 휘슬이 울렸을 때, 코치는 손으로 눈을 가린 채 땅으로 얼굴을 처박았다. 다른 코칭스태프들이 달려와 오열하고 있는 최상현 코치의 어깨를 두드리며 승리를 축하했다.

그 장면은 감독 생활을 하며 남의 경기를 분석적인 태도로 봐오는 데 익숙한 나조차 뜨겁게 만드는 구석이 있었다. 바로 저게 우리가 축구를 보는 이유였지. 사람들이 축구를 비롯한 스포츠에 열광하는 이유.

솔직히 말해서 축구 역시 거의 현실처럼 냉정하게 흘러간다. 그러나 현실에 없는 낭만을 보여주는 경기가 아주 간혹가다 나온다. 마침 그 경기장을 찾은 운 좋은 팬들은 현실에서 좀처럼 느끼지 못하는 벅찬 감동을 받고 다시 살아갈 동력을 얻은 채로 집과 일상으로 돌아간다.

　그날 팬들에게 감동을 준 것은 최코치의 간절함이었다. 내가 그동안 간절함을 표하는 방식이란 더 크게 욕하고 고래고래 소리지르는 것이었는데, 저렇게 표현하는 아름답고 감동적인 방식이 있었구나 싶었다. 저 사람은 얼마나 외로운 싸움을 얼마나 한참 동안 해왔을까? 그 세월을 어떻게 버텨왔을까?

　당연히 앞으로도 많이 버텨야 할 것이다. 이곳 한국 축구판은 만만치 않다. 선수 시절 화려한 커리어를 갖지 못한 지도자에게는 더더욱 쉽지 않다. 아마도 더 힘든 일들이 많이 찾아올 거다. 실제로 다음 경기이자 최코치가 감독 대행으로 치른 마지막 경기는 패배했고, 충북 청주는 여전히 힘든 상황 속에서 분전하고 있다. 축구에 낭만은 없진 않다. 그러나 아주 가끔의 예외를 제한다면, 결국 축구도 현실과 똑같은 원리로 돌아간다. 아마도 그는 그 현실 속에서 좋은 기회가 올 때까지 기다리고 또 기다려야 할 것이다.

　그럼에도 희망하기를, 축구에는 굉장히 재미있는 지점이 존재한다. 가끔 압도적인 강팀과 압도적인 약팀의 경기를 보면, 정말 지긋지긋하게 얻어맞는다. 흔히 말하는 "반코트 경기"가 펼쳐진다. 단, 아무리 얻어맞아도 축구란 점수가 쉽게 나지 않는 스포츠다. 아마 농구였다면 30점은 뒤져서 추격의 불씨도 사그라들고 팬들이 하나둘 경기장을 떠날 만큼 한쪽이 때리고 한쪽이 처절하게 얻어맞고 있어도 축구에서는 스코어가 여전히 0대 0일 때가 있다. 재미있는 일이 펼쳐지는 것은 그렇게 전반이 흐르고 후반이 절반쯤 지났을 때다. 뭔가 조금씩 분위기가 이상해지고, 두드리던 팀의 기세가 흔들릴 때가 있다. 골이 들어가지 않으니 불안이 스멀스멀 찾아오고 기세가 서서히 꺾이는 것이다. 그리고 그동안 처참히 밀렸으면서도 꿋꿋이 실점을 내주지 않은 팀에게 기세가 슬며시 건너오는데 이때 골이 잘 들어간다. 낭만이 펼쳐지는 순간이다.

그래, 나도 안다. 한 번의 기세가 찾아오는 일도 없이 경기가 끝나는 일도 수두룩하다. 강팀이 결국 꾸역꾸역 이기는 일이, 낭만이 없어 기억에 남지 않을 뿐, 실제로는 더 많이 벌어진다. 그러나 올지도 모를 기회가 올 수도 있다고 기대해야 한다. 참고 기다려야 한다. 기다림의 보상이 없을 수도 있지만 오지 않으면 어쩔 수 없다는 마음으로. 나의 치열한 노력에는 한 치의 방심도 없어야 한다.

나에게 기회는 40대 후반에야 찾아왔다. 대학 축구 시절 대회 MVP도 해봤고 프로팀에서 주전으로 뛰며 종종 골도 넣고 활약도 했으니 당시에는 그것들이 기회였다고 생각했지만, 돌이켜 생각해보면 인생을 송두리째 뒤집을 만큼 결정적인 기회는 아니었던 것 같다. 큰 기회 한번 없이 선수 생활이 끝나고 코치 자리에서 묵묵히 일하다가 광주 FC라는 프로팀을 맡는 기회가 왔다. 그리고 그 기회를 마지막이라는 듯이 붙잡고 늘어졌다.

기회라는 게 원래 그렇다. 천재였던 스타 선수들처럼 십대 때부터 늘 기회가 있었고 그것이 줄곧 찾아와서 원래 그런가 보다 하는 이들도 있겠지만, 평범한 인간에게 결정적 기회는 평생 살면서 몇 번 찾아오지 않는다. 그래서 너무 늦게 찾아온 그 기회가 기회인 줄도 모르고 지나간다. 그렇게 흘려보내고는 나중에 그것이 기회였다는 것을 깨닫고 크게 후회하곤 한다.

45분이 걸리고 80분이 걸리고 90분이 걸려 추가시간만 남겨놓고도 참고 기다려야 한다. 그리고 상대가 무너지려 하는 순간을 포착하고, 기회가 진정 기회라는 것을 발견해야 한다. 그래야 그 기회를 향해 그동안 간절했던 나를 던질 수 있다.

나는 기회가 인생에 한 번밖에 주어지지 않았고, 그 기회를 몇 년 동안 끌고 가고 있다. 기회가 항상 널려 있던 사람들이나 기회가 없었던 사람들 할 것 없이, 내가 안 되기를 바라는 사람들이 수도 없이 많다. 그러나 나의 절실함과 절박함을 이해하는 사람들이 나를 응원해주는 시선을 느끼고 목소리가 들릴 때가 가끔 있다. 그럴 때면 더 잘해야겠다고, 더 노력해야겠다고 마음을 다잡는다. 그래서 정말 기회를 결과로 살려냈을 때 나도 그동안의 내 간절함을 담아 땅에 얼굴을 파묻고 목놓아 울 것이다.

지름길이란 없음을
받아들여라

2024년 8월 18일 일요일, 강원 FC와의 리그 경기였다. 홈 팀이었던 강원의 좌석이 부럽게도 전석 매진되었을 만큼 많은 관중이 경기를 보러 왔다. 아사니 선수의 멀티골이 터지면서 2대 0으로 앞서고 있었지만 전반 막바지에 한 골을 먹혔다. 그러고는 후반 들어와 5분에 한 골, 19분에도 내리 골을 내주었다.

우리로서는 2대 3의 원통한 역전패지만 상대로서는 3대

2의 짜릿한 역전승이다. 관중들이 아주 얼싸안고 좋아하는 게 보였다. 저 맛에 응원하는 거지. 저 사람들은 다음 홈경기를 또 찾아오겠구나, 우리는 또 종이 한 장 차이로 멋지게 패배했구나, 하는 생각이 들었다.

익숙한 패턴이었다. 나는 공격 축구를 구사하며 광주 FC가 펼치는 경기를 아주 재미있게 만들었다. 수비적인 전술로 잠그는 전술을 취하는 팀만 아니라면 서로 맞부딪치면서 치고받는 난타전이 되니, 관중들의 입장에서는 축구가 얼마나 재미있을까? 문제는 경기에서 질 때도 '재미있게 진다'는 것이다. 그래서 곧잘 상대를 띄워주고 마는데 그게 참 속상했다. 우리 팀이 계속 이런 조연이자 감초의 역할만 하는 것이, 경기를 못한 것도 아닌데 계속 종이 한 장 차이로 지는 것이 말이다.

쓸데없는 가정도 슬그머니 고개를 들었다. 후반 24분 이희균 선수가 차서 수비수를 맞고 튀어오른 공이 크로스바의 조금 아래로 향했다면, 후반 39분 가브리엘이 보낸 크로스가 베카 쪽으로 굴러와서 거의 노 마크 찬스가 되었을 때 베카가 딱 한 뼘만 앞에 있었더라면, 더도 말고 종료 휘슬이 울리기까지 2분만, 아니 1분만 더 있었더라면. 그러나 곧바로 그런 가정을 그만두었다. 그 종이 한 장의 차이는 결국 아주 기본적인 것에서 비롯된 것이다. 기본적인 패스, 드리블 컨트롤, 슈팅…… 이런 기본적인 데서 차이가 온 거지, 무슨 운이 나빴던 것이 아니다. 너무 작아서 마치 운이 나빴던 것으로 보이는 그 차이가 바로 상대와 우리의 수준 차이였다. 그리고 선수로 10년 이상 뛰어본 경험을 놓고 말하자면, 그 차이는 대개 평생토록 간다. 프로선수가 열심히 하는 것은 다들 똑같으니까.

　광주로 이동하는 버스를 타고 다음주의 스케줄을 확인했다. 월요일인 내일 하루는 종일 쉬고 싶지만 수요일에 울산과의 코리아컵 경기가 잡혀 있었다. 미뤄뒀던 잠을 좀 자면서 오전에는 쉬고 오후부터는 오늘의 경기 영상을 볼 예정이다. 박원교 분석코치와 미팅을 가지고 나란히 앉아서 영상을 분석할 것이다. 각자 편집해서 휴식을 취하고 있을 선수들에게 피드백해줄 부분을 잘라 우리의 의견과 함께 보낼 것이다. 금방 끝나지는 않을 테고, 몇 시까지 하게 될지는 모르겠다. 다만 24시간 카페를 이용하게 될 것은 확실하다. 그리고 다음날 아침이면 식사를 하고 다시 훈련장 근처의 카페로 출근할 것이다. 카페에서 영상과 훈련 프로그램, 미팅 내용을 정리하고 나서 팀 미팅에 갈 것이다. 미팅은 20분, 길어야 30분이다. 거의 매일 하는 미팅이라 더 길면 지루해진다. 짧은 시간 동안 내용을 꽉 채워서 이야기를 나눌 거다. 공격과 수비 부문에서 다음 경기를 어떻게 치를지 설명하고 그에 맞춰 훈련 프로그램을 실시할 것이다. 저 위에서 분석코치가 영상을 찍을 것이고 그 영상을 가지고 또 같이 몇 시간을 대화할 것이다. 우리 생각처럼 잘되지 않은 부분을 보완할 것이다. 그리고 그다음의 훈련에서 그 부분을 또 보완할 것이다. 그 패턴이 지긋지긋하게 반복될 것이다.

밤길을 이동하는 어두운 버스 안에서 문득 그런 생각이 들었다. 계속 이 짓을 반복하다보면 언젠가 이 종이 한 장의 차이가 극복될 수 있을까? 쉽지는 않을 거다. 수준의 차이를 일으키는 기본 실력이라는 것은 적어도 10년 이상의 시간이 쌓인 결과다. 괜히 내가 평생 간다고 하겠는가. 금방 따라잡을 수 있을 리가 없다. 그 종이 한 장이 실제로는 더럽게 두껍다는 것을 따라가는 과정에서 절실히 깨달을 것이다. 그렇지만 나는 안다. 별다른 수가 없다는 것을.

목표에 이르는 길 위에는 지름길이 없다. 결국 하나의 길로 통할 뿐이다. 목표를 이루기 위해서는 부족한 것을 하나하나 보완해가는 것, 그것밖에 없다. 오늘 부족한 것을 내일은 부족하지 않게 만들고 내일은 내일의 부족한 부분을 찾는다. 부족함을 채우기 위해서 계속 노력하면 평생 가는 것이 마땅했을 차이가 점점 좁혀질 것이다. 그리고 언젠가는 한끗 차이로 이기게 될 것이다. 이윽고 그다음에는 종이 한 장 차이로 앞서가는 다음의 목표가 떠오르게 될 것이다. 우리가 할 일은 그저 이 지긋지긋한 길을 한 발 한 발 걸어가는 것뿐이다.

제2장

이청득심

귀를 기울여 들음으로 마음을 얻는다

以聽得心

모두가
미쳐 있어야 한다

스포츠에는 단순한 종목이 있고 복잡한 종목이 있다. 대개 복잡한 종목은 규칙도 많고 입문자가 시청하기에도 어려워 팬들이 세계적으로 분포하지 않는다. 야구나 미식축구 같은 스포츠가 그렇다. 축구가 세계적으로 통하는 스포츠가 된 이유 중 하나는 그 단순함에 있다. 축구에서 달성해야 하는 목표는 단순하다. 첫째는 골을 넣는 것이고, 둘째는 골을 먹히지 않는 것이다. 나머지 목표들은 다 부차적인 것들이다. 이 단순한 두 개의 목표로 달려가는 게임이 어찌 이렇게나 재미있을 수 있을까?

아마 내 인생에서 축구를 가장 좋아하는 시기를 뽑자면 단연 지금이 아닐까 한다. 처음 축구에 빠져 이 길을 걷기로 했던 열 살 때의 그 순수했던 마음보다도 지금이 더 축구에 애틋하다. 어떤 사람은 나더러 축구에 돌아 있다고, 축구밖에 모른다고 얘기들을 하던데 나는 그 말이 너무 좋다. 축구인이 축구에 미쳐 있으면 좋은 거 아닌가? 스스로를 객관적으로 봐도 내가 축구를 좋아하긴 하는구나, 하는 것을 많이 느낀다.

지금 축구를 향한 나의 애정이 최고조인 것은 아마도 주변 사람들의 탓도 있을 것이다. 조직에서 일한다는 것은 같은 사람들을 매일 보는 일이다. 아무리 친한 친구라고 해도 한 달에 한 번 만나면 많이 만나는 것이다. 평생 50번이나 볼 수 있을까? 그 와중에 매일 만나는 사람들이 얼마나 특별한 인연들인가. 이 매일 보는 사람들이 하나같이 나처럼 다 축구에 미쳐 있다. 다들 입으로는 피곤해죽겠다 그러면서도 가만 보면 생기가 넘친다. 서로 매일 얼굴을 마주하는 게 늘 반가운 일은 아닐 텐데도 왠지 그 일상적인 만남이 상당한 위안을 준다.

2025시즌 6라운드 대전 하나 시티즌과의 경기에서 홧김에 물병을 걷어차서 다이렉트 퇴장을 당한 일이 있다. 선수가 아니라 내 얘기다. 제주 유나이티드와 대구 FC와 예정돼 있던 두 경기 출전을 정지당했고 그동안은 라커룸에조차 못 들어간다. 그래서 테크니컬 디렉터들과 함께 저 위 관중석에서 꼭 존재하지 않는 사람처럼 경기를 지켜봤다.

나 없이도 잘할 수 있을까? 선수들은 그동안 이 순간만을 기다렸다는 듯이 마철준 수석코치의 지도 아래서 두 경기를 내리 이겨버렸다. 조직적인 면에서도 개선된 것 같았다. 나로서는 몸도 편했고 마음도 기뻤다. 각 경기가 끝나고는 라커룸에 들어가는 것이 허락되지만 왠지 자기들끼리 마무리했으면 해서 거의 인사만 하고 돌아갔다.

팀이 굴러가는 소리가 매끄러워지고 있다는 징조는 생각해보면 계속 있었다. 어느새인가 코칭 스태프들의 욕심이 나보다 매서워졌다. 집에는 들어가는 건지, 가끔 보면 새벽 3시쯤에 메시지가 와 있었다. 고맙고 뿌듯하기는 한데 다들 나처럼 미쳐가고 있는 것 같아 조금 무섭기도 했다.

스태프와 하는 미팅의 분위기도 질도 달라졌다. 이전에는 "요즘 몸이 좋은 A선수가 선발로 나서는 게 좋겠다" 하는 정도의 이야기가 나왔다면, 점차 의견의 수준이 올라가서 "A선수가 선발 출전하면 어떤 상황이 벌어질 거다. 그에 따라 B선수가 후반에 들어가서 조커 역할을 하면 좋겠다" 하는 정확하고 논리적인 이야기가 오간다. 그러면 나도 거기에 맞장구를 치며 "오히려 빠른 드리블에 능한 A가 상대의 체력이 떨어진 후반부에 들어가고, 선발로 들어간 B는 자기 장점을 살리기 위해 이 위치에서 이런 플레이를 하는 게 더 낫지 않을까" 하며 생각의 폭을 넓히는 식이다.

축구팀 하면 사람들은 대개 선수단만을 생각하기 쉽다. 실제로 그들이 가장 중요한 파트이긴 하지만, 팀에는 코칭 스태프, 지원 스태프, 트레이너, 피지컬 코치, 수비 코치, 공격 코치, 필드 코치 등의 전문적인 직원들이 있다. 일이라는 것은 서로 의지할 부분에서는 온전히 의지해야 돌아갈 수 있다. 나는 전술과 훈련을 짜고 선수들과 미팅하고 코칭하느라 여력이 없기에 다른 부분에서는 그들에게 전적으로 의지한다. 때로는 선수 한 명을 영입할 돈으로 스태프를 몇 명 더 데려오거나, 이미 있는 직원들이 더 좋은 조건에서 일할 수 있도록 금전적으로 배려해주는 편이 바람직하다는 생각이 든다. 이 전문 인력의 능력을 최대치로 끌어올리는 것이 오히려 잘하는 선수 한 명을 데려오는 것보다 팀 전체를 강하게 만드는 길이다.

조직을 운영할 때 가장 중요한 것은 다 같이 노를 저어야 한다는 점이다. 누구 하나가 젓지 않으면 배는 똑바로 갈 수 없다. 압박을 할 때만 해도 혼자 하면 그냥 무식하게 뛰어다니는 것밖에 안 된다. 적합한 압박 타이밍을 찾아서 뚜렷한 목적을 가지고 다 같이 압박을 이행해야 공을 빼앗을 수 있다. 한 명은 부딪치고 있는데 옆에서는 설렁설렁 뛰어다니면 결국 똑같이 설렁설렁하는 분위기가 전염된다. 묻어가는 사람을 용납해서는 안 되는 이유다.

아무리 각별한 사이라도 이 끈끈한 조직도 점차 하나둘 떠나가고 언젠가 시간이 지나면 모두 흩어질 것이다. 아사니도 팀을 떠나며 인사할 때 그런 말을 하지 않았던가. 이것 또한 축구라고. 하지만 그날이 예정돼 있는 것에 개의치 않고 우리는 매일 만날 것이다. 오늘도, 내일도, 그다음 날도. 그렇게 매일 얼굴을 보면서, 살짝 미쳐 있는 채로 서로 좋은 에너지와 좋은 영감을 공유하며 오랫동안 이들과 같이 축구를 하고 싶다.

굳이 묵묵히 나아가야 할
이유는 없다

나는 선수 시절에 인터뷰를 해본 적이 한 번도 없다. 스타 출신의 선수들은 언론과 선수 때부터 진작 인연을 맺기 시작해 그걸 감독이 되어서도 이어오는 데에 반해, 광주 FC 감독으로 부임했을 당시의 나는 어떤 기자들에게는 아예 생면부지의 사람이었을 거다. 지금은 그나마 '논란'을 여러 번 일으키면서 언론에 대해 학습도 했고 스스로도 조금씩 자제하고 있지만, 당시에는 교화되지 않은 야생동물을 카메라 앞에 풀어

놓은 셈이었다.

처음 많은 기자들을 한꺼번에 상대한 자리는 K리그2 미디어데이*였다. 2022년 2월 15일, 아직도 그날의 마음이 생생하다. 행사가 열리기 전에 거의 시간에 딱 맞추어 감독 대기실에 도착했다. 문을 열고 인사하며 들어갔더니 두 개의 탁자가 놓여 있었다. 왜 하필 그렇게 앉아 있어야 했는지 모르겠지만 오른쪽은 나이와 경력이 좀 있는 감독님들, 왼쪽은 비교적 젊은 감독님들이 앉아 있었다. 그런데 오른쪽 분들이 잠깐 나를 휙 보더니 바로 다시 고개를 돌리고는 하던 대화로 돌아가는 것이다. 코치만 7년 했던, 얼굴도 모르는 초짜가 나타난 것이니 뭐 일어나며 반겨주는 걸 기대하지도 않았지만 그래도 이 정도로 싸늘할 필요는 없지 않나? 별수 없이 왼쪽의 안면 있는 몇몇 선후배 감독님들과만 조용히 인사를 나누었다.

1년 뒤에 그날의 일을 가지고 언론에다 그렇게 이야기한 일이 있다. "어디서 듣도 보도 못한 놈이 와서 감독 한다니까 팀 자체를 개무시하는 그런 느낌이 들더라." 조금의 과장도 보태지 않은 말이었다. 내가 무시당하는 것은 얼마든 괜찮았다.

---

* 대회에 참가하는 각 구단의 감독과 대표 선수가 한자리에 모여 새 시즌을 앞두고 각오를 발표하는 행사.

앞으로 한국 축구판에서 내가 이렇게 대우받으리라는 것을 미리 다 알고 감독직을 맡은 거다. 그러나 나는 무시당할지언정 우리 선수들은 무시하지 못하게 해줘야겠다는 생각이 들었다. 그리고 미디어데이 행사에 들어가 각오를 발표하며 세게 강조했다. "더러운 축구"를 하겠다고. 끈적끈적하게 악착같이 따라붙고 거친 축구를 하겠다는 뜻이었다.

나흘 뒤에 신생팀인 김포 FC와의 첫 경기가 펼쳐졌다. 미디어데이 날의 굴욕을 설욕할 기회는 바로 오지 않았다. 우리가 2대 1로 보기 좋게 패배한 것이다. 경기를 못 치른 것은 아니었다. 영입도 완료되지 않아 자기 자리가 아닌 곳에서 뛴 선수들도 있었던 것치고 경기력이 나쁘지는 않았다. 다만 선수들이 너무 얌전하게 공을 찼다.

패배 후 라커룸에서 선수들에게 말했다. 더러운 축구를 하겠다고 아주 호기롭게 내뱉은 게 며칠 되지도 않았는데 이렇게 나를 거짓말쟁이로 만들 거냐고, 내가 아니라 너희들이 보여주어야 한다고. 그다음 경기부터 선수들이 점차 거칠게 뛰며 더러운 축구가 무엇인지 보여주었고 나의 자신감을 회복시켜주었다. 다른 감독님들이 나를 대하는 태도도 조금씩 조금씩 달라졌다.

당시 K리그2는 열한 개 팀이 한 시즌 동안 서로 네 번을 만나도록 되어 있었다. 첫 번째 만남에서 감독님들은 악수를 하면서 내 눈을 쳐다보지도 않고 대단히 건성이었다. 두 번째 와 세 번째 만남이 되니 눈을 쳐다보며 내 손을 꼭 잡았다. 마지막 네 번째 만남에서는 자기한테 좋은 기를 좀 보내달라면서 양손으로 내 오른손을 꼭 잡았다. 호기롭게 던진 초짜의 허풍이 현실이 되는 순간이었다.

세상에는 누가 알아봐주지 않아도 자기 자리에서 아주 묵묵히 일하며 성과를 내고 자신의 가치를 증명해내는 사람들이 있다. 굳이 자신을 드러내지 않고 조용히 이기는 사람들. 나는 그런 분들을 매우 존중하고 존경한다. 반면에 뭘 해도 시끄럽고 요란스럽게 일하는 사람이 있다. 드러내지 않으면 꼭 일하는 게 아니라는 듯이, 그들은 안에서도 밖에서도 소란을 피우고 당연히 주변의 빈축을 산다. 2022년 광주 FC의 감독으로서 첫 시즌을 보내는 나는 후자가 되어야만 했다.

광주 FC를 누가 나서서 알아봐주겠는가? 나는 가만히 있는 우리를 누군가 알아서 알아봐주기를 기다리고 싶지 않았다. 주목받기에는 조용한 것보다는 당연히 시끄러운 쪽이 유리하다. 내가 총대를 메서라도 '저 새끼는 뭐지' 하고 한 번은 나 또는 광주 FC를 검색해보도록 만들고 싶었다. 시끄러운 리더가 되자. 함께하는 사람들도 같이 신나서 같이 움직이게끔 만드는 그런 사람이. 대신에 조건이 있다. 잘해야 한다는 것. 실력은 훌륭하게 갈고닦고서 한번 시끄럽게 떠들어보자고 생각했다. 세상은 요란하고 빈 수레는 비웃지만, 요란하고 꽉 찬 수레는 욕을 할지언정 비웃지는 못한다.

그렇게 시끄럽게 승격해서 K리그1에 올라갔다. 그랬더니 웬걸, 이번에는 2부 리그에서 올라왔다고 알아봐주지 않는 거다. 앞으로도 깨기 힘든 기록적인 우승이었든 말든 2부에서 승격한 팀은 쳐다봐주지를 않는구나. 오히려 그런 말도 들렸다. 광주 FC와 이정효가 K리그1에서 얼마나 통하겠느냐, 가면 얼마나 높이 가겠느냐. 잘했으면 잘했다고 하면 될 것을 참으로 인색했다. 칭찬에 인색하지 않게 만들어주는 수밖에 없다고 생각했다.

2023시즌 정규 라운드 33경기를 치른 광주 FC는 파이널 라운드 A*에 포함되었다. 그리고 맞이한 파이널 라운드 미디어 데이. 나는 이제 어떻게 말해야 한국 기자들이 좋아하는지 학습되어 있었다. 헤드라인에 싣기 좋은 결정적인 한마디가 필요

---

* K리그는 정규 라운드가 끝나고 순위를 기준으로 상, 하위 팀으로 나뉘는데, 이때 높은 순위에 위치한 그룹은 A, 나머지 그룹은 B로 분류된다. 같은 그룹으로 나는 팀들끼리 잔여 라운드를 치러서 순위를 결정한다.

했다. 그래서 준비해둔 말을 꺼냈다.

"여기에 조용히 올라오진 않았거든요. 상당히 시끄럽고 야단스럽게 올라왔어요. 그래서 파이널 A에서도 좀 시끄럽게 하고 싶습니다."

광주 FC에서 감독으로 생활했던 것이 4년이다. 어쩜 4년 내내 쉬지 않고 시끄러웠던 것 같다. 욕도 많이 먹었고 적도 많이 생겼다. 어쩌나, 평화롭고 조용하게 굴다가 알아서 나가 떨어지고 싶지 않은 것을.

한창 내가 시끄러울 때 정환이가 날 생각해서 전화를 해 왔다. 대략 이런 이야기였다.

"잘하고 있는데 가만히 있으면 될 것을, 왜 굳이 인터뷰를 잘못해서 너를 깎아먹냐. 나중에 분위기 안 좋을 때는 어떡하려고 그러냐. 조심 좀 하지."

2023년 말쯤에는 말을 바꾸더라. "하고 싶은 대로 해. 계속해!"라고.

안 그래도 계속할 생각이다. 조용히 입 다물고 이 무대에서 사라질 생각은 없다. 팀 안에서도 밖에서도 시끄럽게, 계속 시끄럽게 나아갈 것이다.

공을 안 차본 사람도
축구를 잘 알 수 있다

경기 직후 또 열받아 있었다. 이렇게 안 돌아갈 수가 있나? 왜 이렇게 의도대로 되는 게 없지? 한참 분이 안 풀려 이런저런 나쁜 생각을 하고 있다가 옆에 있는 사람한테 의견을 물어봤다. 대체 뭐가 문제냐고.

"감독님이 부족해서 진 거예요. 누구를 탓해요."

면전에서 이런 말을 들으니 꽤 새롭다. 아프긴 한데 맞는 말이다. 지고 나서 감독 말고 누구를 탓하겠는가. 내가 부족한 거지.

팀에서 나에게 이렇게 말하는 유일한 사람이 있다. 나보다 열여덟 살이 어린데도 얘는 거침이 없다. 어디 외국에서 나고 자랐나? 노트북을 들고 24시간 카페로 넘어갈 때 내가 꼭 데려가는 사람. 박원교 분석코치다.

한국 어느 감독보다 영상을 많이 보는 사람이라고 자부하는 나지만 감독으로서 여러 일을 동시에 진행하다보면 장면을 한두 번만 보거나 아예 못 보고 분석에 들어가는 일이 생긴다. 못 보고 왔다고 내가 먼저 고백하지는 않는다. 아무리 내가 시간이 없을 만했다 해도 영상을 못 챙겨보는 것은, 감독이 되기 전에 스스로 했던 다짐을 깨는 일이라 상당히 수치스럽다. 하지만 장면을 몇 번 보지도 않았으면서 분석관과 분석코치 앞에서 아는 척을 하기란 힘들다. 영상을 놓고 내 의견을 건네는데 당연히 어딘가 어설프다. 눈치가 또 얼마나 빠른지 귀신같이 안다.

"어? 영상 안 보신 것 같아요."

타박을 듣자니 화는 나는데 밤까지 새워가며 수없이 영상을 돌려본 사람들 앞에서는 싸움이 안 된다. 변명을 늘어놓아봤자 또 "감독님이잖아요" 하고 응수할 거고 이미 몇 번 당해봤다. 나는 맞는 말이니 조용히 수긍한다.

박코치는 비선수 출신이다. 출신이 어디인지 굳이 따지자면 오랫동안 축구 분석 페이지를 운영해왔으니 '축덕'이라고 할 수 있겠다. 우리가 처음 만난 것은 제주 유나이티드에서 나는 수석코치로, 그는 전력분석관으로 있을 적이었다. 조광수 코치의 소개로 왔다던데 선수 경험이 전무하다는 이야기를 미리 들어 알고 있었다. 둘이서 축구와 전술에 관해 심도 있는 이야기를 할 기회가 어쩌다 몇 차례 생겼고, 그때마다 속으로 깜짝깜짝 놀라는 순간이 있었다. 축구를 바라보는 시각이 어딘가 달랐다. 단순히 다르기만 했다면 비선수 출신의 어쩔 수 없는 좁은 시야라며 그릇된 편견으로 들었을지도 모를 일이었는데 그의 의견은 내 안에 혹시라도 존재했을지 모를 그런 편견까지 부숴버렸다. 축구를 이해하는 조예 자체가 대단히 깊었던 것이다. 그의 의견들을 가만히 듣고 있으니 축구를 보는 눈이 확 하고 뜨이는 기분마저 들었다.

당시 나는 본격적으로 감독직을 준비하고 있었고, P급 지도자* 과정을 밟고 있을 때였다. 어느 날 나는 조용히 박코치를 따로 불러 물었다. 내가 감독이 되면 나하고 같이 일해볼

---

* 국내 축구 지도자 자격증의 가장 높은 급수에 해당한다. 규정상 K리그 팀과 각급 대표팀의 감독으로 정식 임명되기 위해서는 반드시 P급 자격증을 따야 한다.

생각이 있느냐고. 어떤 축구를 하면 좋을지 함께 만들어가고 함께 발전해갈 동료들을 찾고 있다고.

그와 함께한 5년은 내가 알던 '전문성'이라는 것을 의심하고 그 고루했던 사고를 탈피하는 기간이었다. 비전문가의 의견에도 귀를 기울여야 한다는 생각이 된 것은 아니다. 전문성은 필수다. 우리가 아마추어로 축구를 하는 것은 아니지 않은가. 다만 전문성이라는 것이, 그 분야를 오랫동안 업으로 해왔던 특정 집단의 전유물이 아니라는 것을 깊이 깨닫게 되었다. 공을 차왔던 사람만이 반드시 축구를 잘 아는 것은 아니다. 선수로서의 경험과 지도자로서의 경험은 완전히 다르다. 선수로 뛰어본 사람만이 축구를 잘 안다는 그 편견을 벗겨내니 완전히 다른 세상이 열렸다. 이제는 웬만한 축구는 눈에 들어오지 않게 되었다.

광주 FC에서 2022시즌을 마치고 당시엔 분석관이었던 그에게 지도자 라이선스를 따는 것을 권유했고, 그다음 시즌부터는 코치로 계약을 맺었다. 이제 어엿한 코치가 되었으니 다음은 감독의 자리다. 그가 언젠가 프로팀 감독의 자리까지 넘보기를 기대하고 있다. '비선수 출신 감독'이라. 선진적인 축구를 구사하는 국가에는 꽤 있다. 그러나 아마 이 고리타분한 한국 축구 바닥에서는 당연히 최초가 될 거고, 큰 사건이 될 거다. 내가 선수 경력이 약한 축구인들에게 작게나마 희망이 되었듯이, 선수로서 공을 차보지 않은 채로 분석이라는 업에 뛰어든 사람들에게는 그가 환한 등불이 되어줄 것이다. 그와 함께 또 시끄러운 사건을 한번 저질러 보려 한다.

나 다음까지
생각하는 것이 리더다

"대부분의 결말은 멋지지 않아요."

22년 동안 아스널을 지휘했던 아르센 벵거 감독을 다룬 다큐멘터리에서 오랫동안 그의 지도를 받은 바 있는 티에리 앙리가 감독의 은퇴를 두고 한 말이다. 2000년대 초반 벵거 감독은 무패우승까지 이루며 구단에 황금기를 가져다주었지만 세월이 지나며 시대를 따라가는 데에 버거워했다. 한때 벵거를 무슨 왕처럼 모시며 그를 존중했던 팬들조차 돌아서서 이제 그의 사퇴와 경질을 외쳐댔다. 결국 벵거는 2018년 자진 사퇴를 선택했다. 앙리의 말은 그의 화려했던 성과와 커다란 공헌에도 불구하고 그리 멋지지 못했던 이별을 두고 한 말이었다.

축구만이 아니라 어떤 스포츠, 어떤 업계에서도 마찬가지이다. 멋진 결말을 이루는 건 정말 어려운 일이다. 알렉스 퍼거슨, 유프 하인케스 감독, 또는 필립 람 선수의 경우처럼 우승하면서 커리어를 마치는 일은 애초에 인간에게 자연스럽지가 않다.

선수로 치면 30대 중반이 넘어가면서 신체의 노화에 따라 경기력이 점차 떨어지고, 그러다보면 주전에서 밀려나 벤치를 지키는 일이 많아지고, 결국 있는 둥 없는 둥 자리를 지키다가 은퇴 수순을 밟는 것이 훨씬 자연스럽다. 그나마 나처럼 한 구단에서 쭉 뛰다가 원클럽맨이라는 이유로 팬들 앞에서 은퇴식이라도 치러주면 엄청난 경사다.

감독도 마찬가지이다. 나이가 들면서 혁신을 도입하지 못하고 점차 새로운 축구에 적응하는 데 애를 먹게 되는데 이 감독직이라는 게 어마어마한 파리 목숨이다. 한 시즌에 K리그 팀의 절반이 감독을 바꾸는 수준이다. 그래서 시류를 따라가지 못하는 감독은 어느 순간 팀을 떠나고 더는 찾아주는 구단이 없어 그대로 프로의 세계로 돌아오지 못한다. 매우 자연스럽고 매우 인간적인 일이다.

나는 그러한 마지막을 걸을 생각이 없고 그렇다고 뇌와 생각이 노화하는 것을 피할 길도 없다. 그래서 지도자가 되기로 했을 때, 프로팀 감독의 길을 20년만 걷기로 다짐했고 그 다짐을 진짜로 따른다면 앞으로 15년이 남았다. 과연 나의 마지막은 어떨까? 자연스럽고 초라하게 마무리를 하게 될 것인가, 부자연스럽고 화려하게 마무리를 하게 될 것인가.

사실 이제는 그 마지막 순간이 그리 중요치 않겠다는 생각에 다다랐다. 마지막의 밝기가 얼마나 밝을지가 아니라 나 자신이 마지막까지 가는 과정을 어떻게 밟느냐가 중요하다. 그리고 그때까지의 과정에서 내가 밟고 있을 꿈의 무대가 K리그일지는 모르겠고, 솔직히 그러고 싶지도 않다.

2025년 클럽 월드컵 대회를 유심히 챙겨 보았다. 저렇게 내가 직접 나가보고 싶다는 느낌이 드는 대회는 처음이었다. 저기 나가서 저 강팀들을 이길 수 있다면, 그래서 한국 팀으로 16강까지만이라도 진출할 수 있다면 얼마나 좋을까? 나에겐 구단을 벗어난 나만의 꿈도 있다. 이것은 어떤 팀의 감독으로서가 아니라 지도자 이정효로서 꾸는 꿈이다.

한국 지도자에 대한 편견은 옆 나라 일본에서마저 깨지

못하고 있다. 왜 일본 선수가 일본 감독이 아닌 한국 감독에게 배워야 하느냐는 태도가 팽배하고, 솔직히 나도 그 태도가 지금까지는 상당히 합리적이라고 생각한다. 그러나 언젠가 이 편견을, 한국 지도자를 두고 뿌리 깊게 박혀 있는 편견을 깨부수고 싶다. 그래서 언젠가는 나로 인하여 유럽 선수마저도 한국 지도자에게 배우러 왔으면 좋겠다. 선수로서는 미흡했으나 감독으로서는 최초가 되고 싶다.

내가 꿈을 향해 걷는 과정에서 많은 이들에게 실망과 배신감을 안기는 일도 종종 생기리라 생각한다. 그러나 한편으로 조금은 문화가 바뀌어야 한다는 생각도 있다. 선수가 꿈을 위해 더 좋은 팀으로 떠나면 우리는 그의 앞길을 응원해주지 않는가. 똑같이 꿈을 위해 떠나는 사람인데 감독이라 해서 실망할 필요는 없다고 생각한다. 못하면 그만두라고 또는 자르라고(얼른 생업을 박탈하라고) 압박할 것이면서, 잘하면 더 큰 무대를 꿈꾸는 걸 비난하는 것은 어딘가 불합리하지 않은가.

다만 각각의 마지막은 항상 아름다웠으면 하는 것이 나의 바람이다. 내 감독 커리어의 대단원이 어떨지 몰라도, 그 과정에서 각각의 팀과 겪는 결말들은 충분히 아름다웠으면 한다. 그리고 좋은 결말을 맞으려면 어떻게 해야 하는지도 알고 있다. 끝까지 좋은 성적을 내야 하고, 철학을 정립시켜 나 다음까지도 그것이 유지되도록 해야 한다. 그리고 내가 떠난 뒤에도 팀이 더 잘되어야 한다.

나는 나와 함께하는 사람도 이정효 이후를 생각하기를 진심으로 바란다. 그리고 그렇게 만들려고 한다. 함께하고 있는 지도자들은 언젠가 어엿한 프로팀을 이끄는 감독이 되기를, 은퇴를 앞둔 선수는 나의 출발점보다 한참 앞선 채로 지도자 인생을 시작하기를, 실력을 키워가고 있는 젊은 선수들은 더욱 성장해서 어느 팀을 가든 잘하는 선수가 되기를 바란다. 모두가 멋진 결말을 이루기란 불가능하겠지만 다들 결말로 향하는 길에서 멋진 감동을 여럿 보여주기를 응원한다.

공감도 위로도
바라지 말고

레드카드다. 다른 사람을 향한 것이 아니다. 심판의 얼굴도 카드도 다 나를 향하고 있었다. 선수 생활을 하면서도 단 한 번밖에 본 일이 없던 색깔이다. 심지어 그때는 노란색이 두 번이었다. 프로팀 감독이 되어 저 색깔을 마주하게 되다니. 충격을 받아 한 30초는 얼어붙은 채 그대로 서 있었다. 어이는 없고 할 말은 많지만 판정이 번복되는 일이 일어나지 않는 그라운드에서 퇴장을 받은 사람이 할 일은 하나다. 입 다물고 조용히 떠나는 것.

상황은 후반 48분에 펼쳐졌다. 2025시즌 6라운드 대전 하나 시티즌과의 승부였고, 동점골을 먹힌 뒤로 경기가 잘 풀리지 않았다. 교체 카드도 남아 있지 않던 참에 박인혁 선수가 부상을 당해 수적으로도 열세였다. 목이 타서 물병을 든 채로 소리를 지르며 지시하고 있는데 경기장에서 영 달갑지 않은 장면이 벌어지는 거다. 순간적으로 치솟는 화를 못 참고 물병을 내동댕이쳤다. 그러고는 땅에 떨어진 물병을 우리 벤치 쪽으로 확 차버렸다. 그 와중에도 누가 맞을세라 방향을 보고 마지막에는 힘도 나름 조절했다. 잠시 뒤 경기가 멈춘 사이에 주심이 대기심에게 와서 뭔가 속삭이는데 돌아가는 낌새가 나와 무관하지 않은 것 같더라. 나도 눈치가 있고 눈치도 본다. 그러나 그다음 이어진 다이렉트 퇴장은 나도 많이 놀랐다.

터덜터덜 내부 계단을 통해 관중석으로 올라가 서서 경기를 보았다. 후반 추가시간에 발생한 상황이었으니 머지않아 경기가 끝나 선수들과 코치진이 라커룸에 모였다. 여전히 풀리지 않는 억울함에, 무슨 얘기를 해야 할지도 모르는 상태로 라커룸에 들어갔더니 뭔가 고성이 오가고 있었다.

전술 코치진과 피지컬 코치진과의 다툼이었다. 전술을 짜는 쪽에서는 왜 이렇게 압박의 강도가 약하냐고 피지컬 코치들에게 뭐라 했고, 피지컬을 관리하는 쪽에서는 그것은 오히려 수비 전술에 문제가 있는 것이 아니냐며 받아치고 있었다. 딱히 드물게 일어나는 일은 아니고 그렇게 나쁜 일도 아니다. 팀이 성장하려면 서로에 대한 불만이 긍정적인 방식으로 자주 그리고 많이 표출되어야 한다. 불만을 쌓아두지 않고 한바탕 싸우다보면 무엇이 잘못되었는지가 드러나고 기준점과 방법을 새로이 세우게 된다. 그래, 좋은 싸움이다. 그런데 왜 꼭 지금 이러고 있어야 하느냐 이 말이다. 억울하게 퇴장당한 감독은 안 보이나?

코치진들을 스무 살짜리 선수들이 말리겠는가. 내가 나서야 한다. 잠깐 투명 인간처럼 소외된 채 싸움을 구경하다가 안 되겠다 싶어 끼어들었다. 다 좋은데 여기 지금 막 경기를 마친 선수들이 있다고, 나중에 다른 자리에서 이야기하면서 맞춰가면 되는 거라고, 우리가 이 경기에서 진 것도 아니지 않냐고. 그렇게 다음을 생각하자면서 다툼을 말리며 흥분을 가라앉힌 뒤에야 선수들과의 대화로 넘어갔다.

라커룸 대화까지 마치고 짐을 챙기러 돌아섰다. 잠깐 홀로 주섬주섬하고 있는데 그 시간이 그렇게 외로울 수가 없는 거다. 또 혼자구나. 왜 내 기분은 아무도, 하나도 생각해주지를 않을까? 뭐 따스한 위로를 바라는 것은 절대 아니지만 내가 느낄 억울함과 서러움을 조금은 같이 느껴주면 안 되나?

처음 느낀 외로움도 아니다. 사실 꽤나 익숙한 외로움이다. 감독의 자리에 있으면 문득문득 이런 기분이 찾아온다. 아주 잊을 만하면 때맞춰 온다. 그리고 그 기분이 찾아올 때마다 늘 그랬듯이 이번에도 스스로에게 말한다.

그럴 거면 감독 하지 마.

감독이라는 자리, 리더라는 자리는 포용해야 하는 자리다. 나의 서러움, 불만, 억울함, 외로움, 눈물을 혼자 머금은 채 남의 마음들을 담아내야 하는 자리다. 내가 어떤 처지에 놓이든, 내가 어떤 감정을 느끼든 간에 무조건 팀이 우선이어야 한다. 나도 코치들과 선수들한테 항상 귀가 닳도록 잔소리하지 않았는가. 어떠한 예외도 없이 팀이 먼저라고. 나 자신에겐 더 그래야 한다. 그러라고 감독을 하고 있는 거다. 그러라고 한 팀의 리더로 앉아 있는 거다.

만약 선수들과 스태프들의 온갖 마음을 담아내기가 도저히 힘들다고, 왜 나 혼자 그래야 하느냐고, 얼른 내 마음부터 챙겨야겠다는 기분이 든다면? 답은 하나다. 리더의 자리를 내 그릇이 감당하지 못하는 거라고 생각해야 한다. 그릇이 안 되면 함께하는 사람들이 이미 안다. 그릇이 안 되는 사람이니까 남이 애써가며 위로하고 공감해주는 거다. 반대로 내가 그릇이 되니까 홀로 다 감당해야 하는 처지에 놓이는 것이다.

그럴 거면 감독 하지 마. 그 스스로의 윽박에 잠시 숨을 몰아쉬며 내가 등에 지고 있는 무게를 다시 느낀다. 그러고는 배낭을 고쳐 메듯 잠시 나를 스쳤던 외로움과 서러움을 힘주어 털어낸다.

혹여나 매정한 사람들로 오해할까 봐 노파심에 이야기하자면 몇몇 코치진들은 나중에 와서 슬쩍 말을 꺼내긴 했다. 다이렉트 퇴장은 너무한 것 같다고. 한참 늦었지만 그래도 고맙긴 했다.

욕은
내가 먹는다

　나를 두고 "K-무리뉴"라고 칭하는 것을 잘 알고 있다. 언론이 지은 별명인데, 기사 제목에 자주 그리고 편리하게 쓰인다. 어떻게 나와 무리뉴 감독을 연결시킨 것인지는 어느 정도 짐작이 간다. 선수 시절 그리 대단치 않은 커리어를 보냈고, 약체였던 팀을 끌어올려 우승시켰고, 언론을 상대로 인터뷰할 때 거침없이 내뱉는 것이 큰 이유가 아닐까 한다.

　경력 초기의 무리뉴가 우승했던 대회가 K리그2와는 저멀리 동떨어진 UEFA 챔피언스리그였고 그가 엄청난 커리어를 지닌 세계적 감독인 건 알지만, 솔직히 그와 견주어지는 것이 마음에 들지 않는다. 무리뉴 감독은 전술적으로, 특히 강팀을 상대로 수비 라인을 내려 수비 후 역습을 펼치는 실리적인 전술을 구사하고는 하는데, 이는 상대를 가리지 않고 공격적인 전술을 추구하는 나의 축구와 크게 다르다. 또한 그는 자신의 어마어마한 성과를 지나치게 과시하는 모습을 보이곤 했고, 나는 그것이 그가 어떤 명장이든 관계없이 결코 좋은 태도가 아니라고 생각한다. 그리고 무리뉴는 유망주를 비롯한 선수들의 육성에 크게 욕심이 없다. 그보다는 이미 검증된 스타들을 데리고 결과를 내고 자신의 커리어를 높이 쌓는 것을 추구했다. 당연히 이도 내가 광주 FC에서 추구해왔고 앞으로도 추구하려 하는 축구와 많이 다르다.

그런데 이런 것들보다 내가 무리뉴 감독을 두고 더 부정적으로 보는 측면이 있다. 무리뉴는 자기 선수를 지키지 않고 오히려 선수를 두고 언론 플레이를 하는 모습을 몇 차례 보인 적이 있다. 기자들 앞에다 대놓고 자기 선수를 비난한 다음, 밖에다 그를 외롭게 노출시키는 것이다. 아마도 그것이 그의 선수 육성 방식 또는 선수단 장악 방식 중 하나였을 텐데, 아무리 명장이어도 나로서는 존중할 수 없는 행실이다.

감독도 사람인데 당연히 선수를 향한 원망이 들 수 있다. 아주 당연하고, 실제로 나도 자주 원망한다. 감독이 스스로 하고 싶어하는 축구를 잘 인지하고 있으나 그것이 선수에 의해 구현되지 않는 일이 있다. 그런 일은 단순히 개인 역량이 부족해서만 일어나지 않는다. 감독은 당연히 선수 개인의 역량까지 고려해서 준비한다. 문제는 선수의 전술적 몰이해라든가 개인적인 노력의 부족으로 그라운드에서 감독의 축구가 구현되지 않는 일이다. 나는 그럴 때 깊이 원망하고 강한 언어로 표출한다. 너희들한테 시간을 투자한 내가 바보라고, 나를 엿 먹이는 거냐고. 그러나 그렇게 욕까지 섞어 말할 만큼 화가 나더라도 그 원망을 팀 밖으로 표출해서는 안 된다.

지도자가 돈을 받고 해야 하는 일 가운데 하나는 욕을 먹는 일이다. 나도 선수들한테 욕먹고 코치진한테 욕먹고 구단으로부터 욕먹고 구단 밖에서도 욕을 먹는다. 만약 그것이 싫다? 억울하다? 그럼 지도자의 자리에서 내려오면 된다. 성과를 냈을 때 스포트라이트 가장 가운데에서 영광을 받으려면 성과가 나지 않을 때 욕을 먹는 일을 기꺼이 떠안아야 한다.

기자회견을 하면 간혹 선수를 비판하도록 몰고 가는 짓궂은 질문을 받을 때가 있다. 특정 선수가 결정적인 실수를 범해서 실점으로 연결되었거나, 자책골을 넣었거나, 퇴장을 당해

팀을 패배로 몰고 갈 때면 꼭 그런 질문이 하나씩 나오는데, 이때 질문에 끌려가서 제 선수 탓을 해서는 안 된다. 그럴 때는 더 짓궂게 대응하면 그만이다.

2023시즌 9월에 있던 전북 전에서 우리 선수단은 잘 싸웠지만 1대 0으로 패배했다. 전북 현대 모터스는 그 화려한 선수단을 가지고서 내려서는 수비적 축구를 구사했는데, 그것을 파훼하는 축구를 내놓지 못한 것이 너무 분했다. 곧 경기 후 기자회견이 있을 테지만 축구 이야기를 하고 싶지 않았다. 분명히 두현석 선수의 헤딩이 자책골처럼 들어가 실점한 이야기가 나올 것이다. 기자회견 전에 라커룸에 앉아 있으면서 혼자 분을 못 이기며 생각했다. 상대인 저 감독은 대체 왜 저렇게 좋은 선수단을 데리고 저렇게 내려서는 걸까? 얼마나 여유가 있으면? 얼마나 속이 편하면? 문득 궁금해졌고 기자회견에서 첫 소감을 정리하며 내뱉었다.

"궁금한데 페트레스쿠 감독님 연봉이 얼마나 돼요? 정말 궁금합니다. 저와 비교를 해보고 싶습니다."

뒤이은 웅성웅성하는 소리. 성공이었다. 기삿거리를 얻은 기자들 사이에 난리가 났고 화제는 완전히 돌아갔다. 물론 자책골로 인한 실점 장면에 대한 질문은 있었지만 잠깐이었다. 수비수가 머리를 갖다 대지 않는 것도 이상한 거 아니냐고, 지금 우리가 이 순위에 있는 것도 두현석의 지분이 50퍼센트는 된다며 가볍게 넘어갔다. 이미 기자들은 그런 형식적 질문과 답변에 관심도 없었고, 얼른 기사를 게재하고 싶어 안달이었다.

연봉 발언이 예상한 것보다도 이슈가 되긴 했으나 어차피 내 이미지는 이미 나락이었고 더 잃을 것도 없었다. 오히려 얻은 것은 있었다. 풀리지 않을 거라 생각했던 궁금증이 해결된 것이다. 당시 그 감독님은 나보다 다섯 배는 더 받고 있었더라. 세상에, 다섯 배라니.

베끼는 데서
그치지 마라

내가 하루빨리 나락으로 떨어졌으면 하는 사람의 수가 축구계에 상당한 것으로 안다. 그들을 위해 모처럼 팁을 하나 알려주자면, 내 노트북을 훔쳐 가서 다신 되살리지 못하도록 파기해버리면 된다. 거기에는 내가 코치 시절부터 직접 편집한 축구 영상들이 테라 바이트 단위로 있다. 나의 보물 1호인 노트북과 함께 그 영상들이 날아간다면, 장담하건대 나는 시원하게 망할 거다.

영상 편집을 감독이 스스로 한다는 것을 의아하게 생각할수도 있겠으나 10년을 넘게 해오다보니 이제 이골이 났다. 아주대 감독 시절 다음 팻인코더를 거쳐 프로팀 코치를 거치면서는 맥북을 사서 파이널컷 프로그램으로 넘어왔다. 분석코치와 분석관도 자기 업인 만큼 각자 영상을 만들긴 한다. 하지만 감독이 되어 가지고 그들에게 밀리면 안 된다는 생각으로나도 따로 만든다. 코치 시절, 감독이 되면 꼭 지키자고 했던다짐이다.

광주 FC에 재임하며 영상 작업을 가장 많이 한 장소는 클럽하우스 근처에 있는 24시간 카페다. 만약 일요일에 경기를치렀다면 월요일 하루를 쉬고 화요일부터는 영상을 보며 미팅자료를 만들기 위해 카페로 향했다. 밤 11시까지는 클럽하우스를 사용하는 것이 허락되지만 축구 구단도 일반적인 회사와 똑같다. 감독이 늦게까지 남아 있으면 누가 좋아하겠는가.저녁에 적당히 때가 되면 나머지 직원들은 알아서 퇴근하라며분석코치와 함께 짐을 쌌다. 박원교 코치에게는 미안하지만축구 감독을 하다 보면 미안해할 수밖에 없는 사람도 있다.

그렇게 이동한 카페에서 새벽 2시, 늦으면 3시가 되도록 영상을 보고 편집하고 연구했다. 당연히 광주 FC의 경기와 훈련영상도 보지만 거기서 그치면 팀에 새로움을 부여하는 데 한계가 있다. 맨시티나 브라이턴, 아스널처럼 질 높은 해외 축구 팀의 경기도 보고, K리그의 타팀과 K리그2, 대학 리그까지 광주 FC의 전술에 도움이 될 축구는 뭐든지 찾아보았다. 팀에 이식할 만한, 이식하고 싶은 축구가 반드시 상위 리그에만 있는 것은 아니다. 개인 기량이 떨어지고 상황이 열악한 팀이기에 그만큼 창의적인 전술과 전략을 구사하는 감독님들이 있다. 창의성이란 결핍으로부터 나오는 법이니까.

우리끼리 만들어 우리끼리 나눠 보고 만족하려 만드는 게 아니니 편집된 영상은 반드시 선수들에게 공유되었다. 이때 선수마다 각각의 전술적 피드백이 함께 부여된다. 때로 의견을 주고받기도 하는데, 몇 년을 반복해오다보니 영상을 본 선수들의 의견 수준이 꽤 올라와 있는 게 절로 느껴졌다.

물론 좋은 축구를 보는 것만으로는 절대 내 것이 되지 않는다. 진정으로 그 축구를 이식하려면 그것을 직접 몸으로 훈련해봐야 한다. 특정한 좋은 장면을 그대로 구현하기 위해 훈련 프로그램을 어떻게 짜고 수정할지 고민하는데, 이게 제일 힘든 과정이다. 코치들이 짜고 감독은 확인만 하며 피드백을 주는 식으로 운영하는 팀이 대부분이겠지만 여기서 나의 고질적인 병이 도진다. 내가 경기장에서 구현할 장면을 훈련시키는 것인데 이걸 어떻게 남한테 맡길 수 있을까? 그리드 크기도 짜보고, 상대편이 압박해오는 각도도 여러 가지로 시도해보고, 삼각형, 사각형, 육각형, 팔각형을 만들고, 골대도 네 개로 설치해보고, 그러면서 방법을 찾는다. 언제나 정답은 있다. 매번 문제가 다르고, 거기까지 가기가 정말 힘들어서 그렇지.

이렇게 만든 우리의 훈련을 보고 싶어하는 관계자들이 꽤 있다. 진정한 요리 고수는 레시피를 얼마든 남에게 알려준다고 들었으나, 나는 고수가 아니라서 그런지 그만큼의 선량한 마음씨는 못 가지겠다. 우리가 밤새워서 만들었는데 왜 공짜로 알려주겠는가. 뒤늦게 감독으로 축구를 새로 배우면서 하나 깨닫는 것이 있다. 아무도 가르쳐주지 않는다. 그리고 설령 누가 가르쳐준다 한들 절대 내 것이 되지 않는다. 내가 배워서 내가 문제를 해결해야 한다.

남의 것을 내 것으로 만드는 배움의 과정에서 가장 중요한 것은, 어설프게 베끼는 데서 그치면 결국 제자리로 돌아간다는 점이다. 파고들고 우리에게 맞게 세부 사항을 추가하고 실행하면서 실력을 쌓고, 그 과정에서 스스로 고민해야 한다. 그걸 반복하다보면 내가 어떤 축구를 할지가 정립되는 순간이 온다.

글을 마치기 전에 노트북 이야기로 다시 돌아오자면, 가끔 너무 지칠 때면 열어보는 '기타 폴더'라는 게 있다. 거기엔 영국 골프 선수 토미 플리트우드의 영상이 들어 있다. 내가 프로 골퍼도 아니고 이기든 지든 크게 개의치도 않아 딱히 골프에 승부욕을 싣지도 않지만, 그래도 한때 골프 실력이 잘 늘지 않아 답답함이 들 때가 있었다. 실력이 늘지 않는다? 성장하지 않는다고? 이에 나는 플리트우드의 여러 영상을 모아 편집해서 그의 자세와 플레이를 분석하고 공부했다. 그래, 이 정도면 괴벽은 괴벽이다.

시간이 남으면
골을 넣어라

한 지인이 네덜란드의 명문 구단 아약스의 전용 구장인 요한 크루이프 아레나를 찾은 이야기를 들려준 적이 있다. 나름 세계 유수의 클럽 경기장을 꽤 다녀봤다고 생각했으나 그중에서도 그 경기장의 열기는 특별했다나. 약팀과의 리그 경기였지만 5만 석은 당연한 듯 꽉 찼다. 경기는 이제 후반의 중반을 넘어서고 있었고 아약스가 특유의 공격 축구로 상대를 압살하며 5대 0으로 앞서고 있었다.

어느 시점부터였는지는 모르지만 아약스의 후방에서 돌리는 패스가 많아지기 시작했다. 5대 0이니 할 만큼 했다는 생각이 들었을까? 다음 경기를 위한 체력 안배에 들어간 것일까? 그것도 아니면 상대팀에 대한 배려였을까? 답은 알 수 없지만 절로 이런 생각이 들었다고 한다. 세계 어디든 축구는 다 똑같구나.

그런데 갑자기 세계 어디든 결코 똑같지 않은 상황이 펼쳐졌다. 공격으로 치고 나갈 만큼 전방에서 공간이 발생했는데도 후방에서 돌리는 패스가 또다시 나온 순간, 아약스 팬들이 노발대발하면서 야유를 하는 것이다. 본인들이 응원하는 팀을 향해서 야유를 한다고? 그렇게 경기를 잘 운영해서 다섯 점을 이기고 있는데?

그래, 이런 거였다. 아약스는 이런 팀이고, 여기는 이런 문화로 돌아가는 곳이었다. 어떤 새로운 감독이 팀을 맡든 간에 아약스가 영원히 아약스 축구를 하게끔 만드는 요인이 바로 그 문화에 있었다.

이야기를 정신없이 듣는데 아약스라는 클럽에서 그렇게 좋은 선수들이 계속 배출되는 이유를 그제야 알 것 같았다. 그럼 그렇지, 역시 다 이유가 있었다. 하긴 그곳의 물이 좋아서, 또는 지기地氣가 좋아서였겠는가. 바로 공격 축구를 요구하는 문화 덕분이었던 것이다. 구단이 전통적으로 맹렬히 공격 축구를 펼쳤으니 선수들이 자연히 성장한 것이다. 그렇게 공격 축구를 구현할 수 있게 된 선수를 유럽의 빅클럽들이 찾게 된 것이고.

축구란 단순한 두 가지 목표를 달성하기 위해 노력하는 스포츠다. 하나는 골을 넣는 것, 다른 하나는 골을 먹히지 않는 것이다. 나는 그 둘 중 골을 넣는 것을 내 축구의 목표로 삼는 사람이다.

이것은 나의 지론인데, 축구란 이기고 있다고 해서 유리하지 않고, 지고 있다고 해서 불리하지 않은 스포츠다. 만약 추가시간 10분을 얻은 채로 우리가 1대 0으로 앞서고 있다고 해보자. 우리와 상대 중에 누가 더 유리할까? 대부분의 사람들은 이기고 있는 팀이라고 대답하겠지만 내 생각은 다르다. 두 골도 아니고 한 골 차로 지고 있다면 그야말로 딱 한 골만 넣으면 된다. 한 골이 들어가는 그 순간 경기는 원점이 된다. 그렇기 때문에 양쪽이 동등하다는 것이 내 생각이다. 오히려 유리하다는 생각에 한 골을 지키려고 웅크리고 있다가는 날아오는 롱볼에 잘 대응하지 못하고 골을 먹힌다. 경기 막판까지 앞서다가 동점골을 먹힌 뒤 흐름을 타서 역전골까지 먹히는 걸 수없이 봤고 수없이 경험했다. 지킨다고 해서 골을 안 먹히는 법이 없기에 오히려 끝까지 골을 넣으려고 마음먹어야 한다는 것이다.

광주 FC는 후방에서부터 리스크를 안더라도 빌드업을 해가며 만들어가는 공격적인 축구를 구사하는 팀이었다. 당연히 이는 나의 축구 철학이 반영된 것이지만, 동시에 환경과 상황을 고려했던 불가피한 선택이기도 했다. 2021년 12월, 광주에서 감독을 맡고 처음 마주했던 막막한 고민이 있었다. 어떤 구단이 존재하려면 그만한 가치를 입증해야 하고, 그 가치는 입장료를 내는 팬들로부터 나온다. 야구의 고장인 광주에서 어떻게 사람들을 축구장에 찾아오도록 만들 수 있을까? 내가 내린 답은 공격이었다. 공격적인 축구가 수비적인 축구보다 더 재미있다. 팬들도 선수들도 마찬가지이다. 팬들이 재미있으려면 선수들부터가 신나고 재미있어야 하는데 플레이를 하기에도 공격 축구가 재미 면에서 훨씬 위에 있다. 남의 것을 쫓아다니며 빼앗는 것은 재미없다. 우리가 공을 소유하고 주도하면서 상대를 골탕 먹이고 골을 집어넣는 것이 재미있고, 결과적으로 선수들이 더 신나서 뛰어다닌다. 그러면 결과적으로 재미있는 축구를 보기 위해 팬들이 찾아온다. 말하자면 광주 FC의 공격 축구는 존립을 위한 아주 현실적인 선택이었던 것이다.

현실을 외면할 수는 없었다. 광주 FC가 아직 셀링 구단*이라는 것은 부정할 수 없는 사실이었다. 언젠가는 기량이 뛰어나서 그만큼 높은 대우를 받는 선수들이 가득한 구단이 되면 좋겠지만 당시로서는 높은 이적료를 동반한 제안이 들어오면 선수를 팔아서 재정을 마련해야 했다. 그러니 선수들을 성장시켜야 한다. 상대의 공격을 막는 축구로는 선수를 성장시키는 데 한계가 있다. 그러나 때리는 쪽은 상대를 공략할 방법을 이리저리 찾기 때문에 더 창의적으로 생각하면서 뛰어다니게 되고, 결과적으로 선수로서 더욱 성장하게 된다.

중요한 것은 어떤 경기든 공격을 추구하는 데에 예외가 없어야 한다는 것이다. 경기 중에 시간이 어지간히 지나면 감독들도 으레 선수들에게 지시하곤 한다. 지키라고, 나가지 말라고. 그래서는 안 된다. 차라리 뒤돌아서서 팬들한테 우리는 이제 공격하지 않을 테니까 늦지 않게 집에 돌아가는 편이 좋겠다고 하든가.

팬들은 다섯 골이 들어가면 여섯 번째 골, 일곱 번째 골을 원한다. 팬들을 위해서든, 나를 위해서든 상대를 초토화시켜

---

* 스타 선수들로 팀을 꾸릴 수 없다는 재정적인 배경에 따라 젊은 선수를 길러내 비싼 몸값을 받고 다른 구단에 팔아 수익을 남기는 구단.

야 한다. 자신이 성장하기 위해 더 넣어야 한다.

그러니 이정효의 축구를 보는 팬들에게도 간곡히 당부하려 한다. 지금까지는 나 혼자 목도리 벗어 던지고 재킷을 팽개치고 했지만 앞으로는 지키지 않아야 할 상황에 우리가 지키는 축구를 한다면 함께 우리 팀에 야유를 퍼부어줄 것을. 5대 0으로 이기고 있든, 6연패를 당하고 있던 와중에 치르는 경기이든 상관없이.

물론 잘하고 있는 자기 팀에게 야유하는 신선한 문화가 한국에서 정착되기까지는 상당히 오래 걸리지 않을까 싶다. 그때까지는 내가 실컷 야유해줄 것이다. 웬만한 아약스 팬들보다 목소리는 내가 더 클 거다.

기세가 닥치면
무조건 올라타라

솔직히 열 번 경기하면 열 번 다 질 것 같다.

2024-25시즌 ACLE 리그 스테이지 4차전 경기를 마치고 상대 팀 비셀 고베를 두고 든 마음이었다.

2년 연속으로 J리그 우승컵을 들어올린 강호였다. 재정적으로는 우리와 비교하는 것 자체가 서로 민망한 팀이었다. 오죽 돈이 많았으면 아무리 선수 생활 말년이었다고 하지만 이니에스타 같은 선수를 영입했었을까?

4개월 뒤에 리그 스테이지를 넘어 16강 1차전에서 고베를 또 만났다. 전과 똑같이 노에비아 스타디움 고베 경기장에서 치렀고, 경기 내용도 다르지 않았다. 똑같이 2대 0 패배. 4개월 전에는 그나마 유효슈팅이 하나라도 나왔는데 이번에는 그것마저 없었다. 한국 프로팀 중에서 유일하게 16강에 진출했던 만큼 선수들과 코칭 스태프 모두 꽤 고양되어 있던 참이었다. 경기 전 라커룸 분위기도 더할 나위 없이 좋았다. 그런데도 그냥, 모든 것이 다 안 됐다.

경기 후 라커룸에서 선수들에게 내 심정을 적나라할 정도로 고스란히, 그러나 차분하게 고백했다. 여기 온 게 두 번째인데 올 때마다 벽을 느낀다고, 그냥 다 안 된다고, 우리보다 레벨 자체가 높은 팀이라고. 그래도 내가 이길 방법을 찾아보겠다, 그런데 너희들도 찾아와줘라, 실력이든 피지컬이든 기세든 뭐가 됐든 하나는 이겨야 할 거 아니냐고, 뭐 하나만 찾아와 달라고. 거의 도와달라는 부탁이었다.

2차전이 겨우 일주일 뒤인데 속상한 마음에 너무 힘 빠지는 소리를 한 건가, 하는 생각도 들었다. 그런데 돌아가는 버스에서의 분위기가 내 예상과 달랐다. 패배해서 돌아가는 팀의 버스치고 어딘가 뜨거웠다 할까. 선수들이 자기들끼리 경기를 복기하며 어떻게 해야 할지, 뭘 하면 우리가 이길 수 있을지

떠들고 있던 것이다. 분위기는 당연히 패배한 팀답게 차분하게 가라앉아 있었지만 그렇다고 풀 죽어 있지는 않았고, 이것은 엄청난 차이였다. 뒤집을 수 있다는 희망을 가진 것은 일주일 동안 연습이 굉장히 잘 풀렸을 때도 아니고, 2차전 입장 전에 라커룸에서 선수들의 눈빛이 예사롭지 않았을 때도 아니고, 전반 17분에 이른 선취골이 터지며 추격의 발판을 마련했을 때도 아니었다. 패하고 돌아가는 그 버스에서가 처음이었던 것 같다. 패배한 선수들이 기세를 잃지 않고 희망을 억지로 살려냈다.

축구를 하다 보면 어떤 기세가 들이닥치는 순간 또는 시기가 있다. 축구가 정말 웃긴 것이, 그 기세라는 것은 정말 예상치 못했을 때조차 찾아온다. 객관적 전력에서 우리를 압도하는 강팀과 붙어서 잔인할 만큼 얻어터지고 있다가도 승부만 결정되지 않고 있다면 갑자기 찾아오기도 한다. 어디서부터 불이 점화되었는지, 누구로부터 시작되었는지 모른다. 그러나 상관없다. 기세가 느껴진다면 무조건 올라타야 한다.

찾아온 기세를 살려 결과를 만들지 못한다면 기세는 또다시 남에게 넘어가기 마련이다. 그러니 결과를 지어야 한다. 과감하게 승부수를 던져서 끝내버려야 한다. 상대로 하여금 '이거 완전히 몰렸구나', '어떻게 해도 안 되는구나' 하는 마음이 절로 들도록 만들어야 한다. 그날의 2차전이 그랬다. 전반전이 끝나고 아직 도합 스코어에서 뒤지고 있을 때 선수들에게 강조한 것이 있다. 상대 팀이 플레이를 지연시키든, 심판 판정이 어떻게 나오든 신경 쓰지 말고 밀어붙이라고. 쟤들 하나만 더 먹히면 무너진다고. 84분에 하나를 더 넣어 기어코 만들어낸 연장전에 들어가기 전에, 진짜 고베를 무너뜨릴 것 같았을 때도 말했다. 지키려고 하지 말자고, 하던 대로 밀어붙이자고.

알다시피 그 경기는 지금껏 내 축구 인생을 통틀어 가장 드라마틱하게 끝났다. 아마 선수들 각자에게도 그런 날이 아니었을까 한다. 경기가 끝난 뒤 기자회견에서 머리에 문득 떠오른 기아 타이거즈 김도영 선수의 말을 인용하여 말했다. "뭘 해도 될 것 같은 그런 날"이 있지 않느냐고, 경기 내내 선수들을 보는데 오늘이 바로 그런 날이었다고.

뭘 해도 될 것 같은 날이란 자연히 하늘에서 떨어져주는 게 아니었다. 버티고 기다린 끝에 기세가 한번 찾아왔을 때 강하게 밀어붙여 쟁취해내야 하는 것임을 그 경기가 내게 알려주었다.

보이지 않던 가능성을
보이게 하라

요즘은 너무 흔하게 쓰이는 '라스트 댄스'라는 말이 그 옛날 시카고 불스의 감독이었던 필 잭슨이 그해 시즌을 두고 정한 주제였다는 이야기를 듣고 대단히 감동한 일이 있다. 필 잭슨은 시즌마다 그럴듯한 문장으로 새로운 주제를 정하곤 했는데, 당시 마이클 조던을 비롯한 주요 선수들이나 감독 본인이나 곧 다가오는 1997-98시즌이 자신들이 함께할 마지막 시즌임을 알고 있었다. 선수들은 시즌 첫 미팅을 가지며 팀 다이

어리를 받았다. 그리고 그 위에 적혀 있던 말이 바로 '라스트 댄스'였다고 한다.

필 감독 같은 문학적 소양을 지니지 못해 멋스럽게 표현할 수는 없겠지만 나도 새 시즌을 시작할 때면 명확한 목표를 세워 팀에 공유하곤 한다. 새해를 곧 앞둔 2021년 12월, 광주 FC에 부임 후 선수들과 가진 첫 미팅 자리에서 나는 말했다.

"이번 시즌 나의 목표는 우승입니다."

쓴웃음 또는 애써 감추는 듯한 비웃음이 곳곳의 표정에서 보였다. 당연히 웃을 만하겠지. 광주 FC는 그 직전 2021시즌 K리그1에서 최하위를 기록하고 강등된 참이었다. 강등 후 바로 승격하는 일이란 쉬운 일이 아니다. 내 친정팀이자 늘 명문 구단이었던 부산 아이파크만 봐도 1부에서 2부 리그로 한번 떨어지면 다시 올라오는 것이 얼마나 어려운 일인지가 절절히 느껴진다. 투자도 줄어들고 선수도 잃고 팀에 패배주의가 스멀스멀 기어오른다. 그런데 그냥 승격도 아니고 1위라니. 프로 축구 구단에서 감독직을 처음 맡은 초짜가 분위기 파악도 못하고 던지는 말에 어이없어하며 반응하는 것이 어쩌면 당연하겠지.

나는 그 쓴웃음과 비웃음에 속으로 웃음으로 응수했다. 이거다. 원래 목표라는 것은 적당히 비웃음을 당하는 정도가 딱 좋다. 내가 보여주고 말겠다, 그것도 3라운드 안에 보란듯이 증명하겠노라고 조용히 다짐했다. 그리고 정확히 그렇게 되었다.

1년이 흘러 K리그1 시즌을 앞둔 첫 미팅 자리였다. 나는 선수들과 코치들 앞에서 네 가지 목표를 나열했다. 리그 3위, 15승, 파이널 라운드 A 진출, AFC 챔피언스리그 도전. 이번에는 아무도 웃지 않았다. 내심 이번에도 웃기를 기대했는데 목표를 더 높였어야 했나? 아니, 목표의 높이가 문제가 아니었다. 작년에 허풍을 현실로 뒤바꾸는 것을 함께 경험해보고 나니 이제 선수들이 믿게 된 것이다. 그리고 2023시즌 광주 FC의 성적은 다음과 같았다. 리그 3위, 16승, 파이널 라운드 A 진출, AFC 챔피언스리그 플레이오프 진출. 구단 창단 이후 역사상 최고의 시즌이었다.

리더는 우리가 품고 있는 가능성의 최대치로 목표를 정해야 한다. 그리고 그것을 혼자 품고 있을 것이 아니라 모든 구성원에게 공유해야 한다. 이때 사람들이 목표를 공감해주리라 기대해서는 안 된다. 서운하고 외롭겠지만 어쩔 수 없다. 지도하는 자의 눈에만 보이는 도착지라는 게 있다. 모두의 눈에 그것이 보일 때까지는 시간이 걸리기 마련이다.

언뜻 불가능해 보이는 목표를 세워놓고 구성원이 그것을

신뢰하지 못한다고 해서 속상해할 필요가 전혀 없다. 내가 구체적으로 무엇을 하고 싶은지 보여주고, 그것을 어떻게 실현되게 만드는지를 몸으로 보여줘야 한다. 리더가 신뢰를 얻는 길은 그것밖에 없다.

감독은 문화를
만드는 사람이다

 사람들은 대개 축구팀에 저명한 감독이 들어오고 구단이
그에게 전권을 부여해주었을 때 감독이 짧은 기간 안에 선수
진과 구단 스태프를 휘어잡고 팀을 180도 바꿔버리는 그림을
많이들 상상할 것이다. 그러나 그런 일은 현대의 프로 축구에
서는 웬만해서는 벌어지지도 않고, 그렇게 되는 것이 반드시
바람직하다고도 볼 수 없다. 새로 창단한 조직이 아닌 이상 그
곳이 지니고 있는 유산이라는 것이 있다. 감독은 그 팀이 기

존에 가지고 있던 구성원과 스타일과 문화를 향한 존중 위에서 서서히 뜻을 펼쳐야 한다. 새로 들어왔더니 선수가 마음에 안 들거나 자기가 원하는 성향이 아니라는 이유로 한순간에 엔트리에서 제외시키고, 팀의 규율을 싹 갈아치우고, 갑자기 전술을 송두리째 바꾸고, 다른 팀의 어떤 선수를 데려와달라 하는 식으로 지나치게 빠른 변화를 꾀하는 것은 빠르게 망하는 길이다.

2025시즌 리그와 컵대회를 모두 제패하며 더블을 달성한 전북 현대의 거스 포옛 감독이 좋은 예시이다. 포옛 감독도 자기가 추구하는 전술이 다 있는 사람이었지만, 그는 전북의 기존 전술을 크게 건드리지 않았다. 오히려 자기 축구를 하겠다며 전술을 함부로 바꾸려 들지 않았던 그 선택이야말로 성공에 결정적이었다. 그는 전술이란 축구 감독이 성과를 내는 수단 중 일부에 불과하다는 것을, 가장 강력한 무기는 팀의 문화에 있음을 보여주었다.

감독은 전술 이전에 문화를 만드는 사람이고, 새 감독은 새로운 문화를 입히기 위해 선임된 사람이다. 그리고 문화를 입히려는 이에게 가장 필요한 덕목은 바로 '기다림'이다.

리더가 우승이라는 하나의 목적을 달성하기 위해서는 좋은 사람들, 능력 있는 사람들과 힘을 모아 같이 걸어가야 한다. 처음부터 자기만 옳다면서 다 바꾸려 들면 사람들이 같이 나서주지 않는다. 선수들과 터놓고 이야기하며 그들이 원하는 것을 들어보고 거기에 나의 것을 제시하면서 조율하고 맞춰가야 하는 것이다. 태도가 제대로 박힌 선수라면 좋은 방법을 제시하고 그것이 개인과 팀을 성공으로 이끌 것이 보이는데도 따르지 않을 사람은 없다. 따라서 '내가 해오던 축구보다 이 감독이 말하는 축구가 더 강하구나, 심지어 더 매력적이구나'라는 것을 절로 느끼게 해야 한다. 늘 강조하는 말이지만, 감독은 설득하고 이해시키는 직업이다.

물론 아무리 서서히 변화를 가져와도 저항은 생기기 마련이다. 리더가 새로 왔는데 아무도 저항하지 않고 순순히만 따라준다면 축구 감독이 참 쉬운 직업이었을 거다. 각기 다른 사람 몇십 명이 모여 있는 축구팀 조직을 끌고 간다는 것은 정말로 어려운 일이다. 거기엔 잘난 사람도 있고 부족한 사람도 있다. 스타 선수는 잘난 대로 불만이 있고 부족한 선수도 나름의 불만이 있어 골치가 아프다. 당연히 개인 간의 경쟁이 있고 그러다 보면 질투가 생기고 선수끼리 충돌도 벌어진다. 불만인 선수들끼리 모이고, 무리가 생기고, 괜한 말들이 많아지고, 좋지 않은 에너지가 전염되기도 한다. 그 지경까지 가지 않으려면 감독은 어떻게 해야 할까?

답은 바로 문화에 있다. 서른 명의 선수를 한 명 한 명 바꾸는 것은 거의 불가능할 만큼 고단한 길이다. 그러나 나의 경험상, 서른 명을 다 같이 바꾸어가는 것은 어떻게든 가능할 법한 일이다. 문화를 통해서다. 명확한 목표를 정하고 그 목표로 가기 위해 똘똘 뭉치는 문화를 이룩하면, 여전히 저항심을 품고 있는 개인 한 명으로서는 도저히 덤빌 수 없는 거대한 무리가 만들어진다. 그렇게 대세가 된 조직은 강하다. 그들은 스타 선수가 없이도 결과를 낼 수 있다. 그럼 자연히 저항하던 선수, 불만을 품던 선수는 외로워지고, 이내 거대한 대세의 흐름으로 들어오게 된다. 그것이 내가 팀의 문화를 만들어가는 방식이다.

시즌이 끝날 때마다 사비로 영국행 비행기표를 끊고 떠나는 것이 올해로 3년째다. 고맙게도 프리미어리그 경기가 한창 많을 때라 아스널, 맨체스터 시티, 브라이턴처럼 내가 좋아하는 팀의 경기를 골라 볼 수 있다. 세계에서 제일 뛰어난 선수들이 구사하는 수준 높은 플레이를 보러 간 것이긴 하나 나의 시선 일부는 늘 양 팀 감독에게 가 있다. 사람을 보며 돈을 먼저 떠올리는 것이 그리 바람직하진 않겠지만 그래도 매번 실감한다. 대체 왜 저 감독한테 구단이 몇백억씩 하는 연봉을 주는지를.

선수 한 명이 팀의 많은 것을 바꿀 수는 없다. 아무리 월드 클래스 수준의 선수여도 마찬가지이다. 천억짜리 좋은 선수가 있어도 그 옆에 있는 선수가 천억짜리 선수가 되는 일은 없다. 스타 선수가 옆에 있어서 다 같이 잘하니까 왠지 덩달아 천억짜리가 된 것 같지만 스타 선수가 더 좋은 대우를 받고 이적해서 팀을 떠나면 여실히 알게 된다. 그가 없던 시절로 고스란히 돌아갔다는 것을. 그러나 좋은 감독은 천억짜리 선수를 스무 명도, 서른 명도 만들어낼 수 있다. 팀을 다 바꿔놓는 것이 가능해진다. 구단의 시스템과 철학까지 바꾸는 것은 감독의 상위, 즉 구단의 몫일지라도, 감독은 문화만큼은 바꿀 수 있다. 그리고 그 바뀐 문화가 시스템과 철학의 변화로도 이어질 수 있다.

경쟁이 없는 팀은
성장할 수 없다

　2024시즌 38라운드 전북 현대 모터스와의 경기를 치르기 전, 옷을 갈아입는 선수들과 함께 라커룸에 앉아 담소를 나누고 있었다. 6라운드 만에 선발로 뛰게 된 안혁주 선수가 눈에 들어왔다. 바로 전년도에 고려대에 입학해서 대학 리그를 뛰다가 콜업 되어 올해 막 프로로 데뷔한 선수였다. 이제 스무 살이지만 선발 출전을 한 경기가 벌써 10번도 더 되었다. U22 룰의 영향도 있었겠지만 본인이 노력하는 모습을 워낙 보여왔다.

마지막 라운드라 그런지, 아니면 오랜만의 선발이라 그런지 표정이 조금 긴장해 있는 것 같았다. 혁주는 개막전에도 선발로 뛰더니 마지막 경기도 선발로 들어가네, 하며 장난스레 말을 걸었다.

"감사합니다!"

감사? 이 참신한 반응은 뭐지? 선발로 나서지 않는 편이 좋을 자신을 선발로 뛰게 해줘서 나한테 고맙다는 건가? 자기가 얼마나 노력했는지, 그래서 얼마나 성장했는지도 모르는 이 스무 살짜리를 어떡해야 하나. 감사하다는 말에 내가 정색을 하며 일어나는 우스운 상황에 주변의 모든 선수와 스태프가 깔깔 웃고 있는데도 혼자만 이 분위기를 파악하지 못하고 있는지 표정이 심각하다. 얘기를 해줘야 아는 나이다.

"네가 잘해서 나가는 거야. 나한테 왜 고마워해? 나 냉정한 사람이야, 인마. 팀에 도움 안 되면 경기에 안 내보내."

준비를 다 마치고 경기에 나서기 전, 라커룸 대화를 끝내며 선수들에게 들뜬 목소리로 말했다. 오늘 혁주가 오랜만에 나가는 만큼 우리가 꼭 이기는 경기로 만들어주자고.

분명히 나에게 고마워할 필요는 결코 없겠으나 돌아보면 내가 안혁주처럼 어린 선수에게 좀더 기회를 주려고 하는 것은 맞긴 하다. 객관적인 전력만을 따진다면 경력이 더 오래된 선수를 선발로 기용하는 것이 단판 승부에 더 유리할 수도 있다. 피지컬을 키워온 기간이 다르고 프로 레벨에서 몇 년을 더 뛰어왔으니 당연한 일이다. 하지만 리그라는 장기전에서 팀을 전체적으로 성장시키기 위해서는 아래로부터 치고 올라오는 선수에게 자주 기회를 부여할 필요가 있다. 이는 단지 팀의 세대교체를 준비하기 위함이 아니다. 경력 있는 선수가 더 잘하도록 자극하려는 목적도 있다.

내가 선수에게 바라는 기대치가 숫자로 따질 때 1에서 10까지라 해보자. 몇몇 예외가 아닌 이상 나는 어린 선수에게 5 이상의 기대치를 갖지 않는 편이다. 그러나 가끔 그 기대치를 넘어 6 이상의 결과를 내는 대견한 어린 선수도 생긴다. 정말 열심히 노력했기에 이룬 결과이다. 반면에 경력이 긴 선수에게는 8에서 9를 바란다. 일정 정도를 해주지 않으면 안 되는 시기라는 게 있다. 그런데 그런 높은 기대치는커녕 자꾸 7로 떨어지는 선수가 있다. 그럼 나는 기량이 상대적으로 조금 떨어지더라도 어린 선수를 기용하는 수를 종종 택한다. 경력이 있는 선수로 하여금, 내가 여기서 안주하다가는 곧 따라잡히겠구나, 하고 경계하도록 만드는 것이다.

축구는 서른 명은 되는 선수단 중에 딱 열한 명만이 선발 선수로 들어가는 스포츠이다. 당연히 포지션과 팀 내 역할이

겹치는 동료가 있기 마련이다. 프로선수에게 노력은 기본이다. 그 노력이라는 기반 위에서 펼쳐지는 경쟁에서 이겨야만 출전 기회를 얻을 수 있다. 선수 시절 초창기에 만년 2군이었던 아픔이 있었던 만큼 나는 1군과 2군을 따로 두지 않고 똑같이 훈련하고 똑같이 미팅한다. 누구한테 더 많이 더 전술적으로 깊이 가르쳐주는 법 없이 동등하게 가르친다. 그러나 동등한 코칭을 받는 선수들끼리는 서로 경쟁해야 한다. 개인이 아닌 팀이 우선이지만 그 안에서 누구보다 내가 잘하려는 에고를 품어야 한다. 개인의 성장이 팀의 성장을 부른다. 경쟁하지 않는 팀은 절대 성장할 수 없고, 순위를 경쟁하는 팀들 사이에서 절대 경쟁력을 가질 수 없다.

경쟁이란 같은 역할을 수행하는 선수, 비슷한 유형의 선수 간에만 발생하지 않는다. 골키퍼와 공격수도 서로 경쟁해야 하고 베테랑과 신인 선수도 서로 경쟁해야 한다. 2022시즌을 우승으로 마치고 1부 리그 개막을 앞둔 겨울, 이희균과 이상기 선수가 비시즌 기간의 훈련을 거치며 많이도 혼났는데 그만큼 많이 성장한 것이 눈에 띄었다. 누군가 성장하면 감독도 코치도 알지만 누구보다 다른 선수들이 제일 먼저 안다. 직접 공을 주고받는데 움직임이 다르니 바로 느낄 수밖에 없다. 그즈음 두현석, 이민기 선수가 눈에 불을 켜는 것이 보였다. 먼저 개인

면담을 요청해서 전술적인 부분을 물어보면서까지 치고 올라오는 동생들한테 지지 않으려고 들었고 결과적으로 본인들의 기량이 크게 발전했다. 선수들로서는 심신이 피곤하겠으나 이것이야말로 팀이 성장하는 이상적인 방식이구나 생각했다.

경쟁을 동력 삼아 조직을 성장시킬 때 리더가 꼭 가져야 할 것이 있다. 그것은 진실된 노력을 알아보는 눈이다. 선수들 각자가 '자신을 위한' 경쟁을 해야 하지만 그것이 '자신만을 위한' 이기적인 경쟁으로 나아가서는 안 된다. 가령 같은 포지션을 경쟁하던 동료가 부상으로 이탈했을 때 부쩍 티를 내며 열심히 하는 한 선수가 있었다. 지금이야말로 내가 뛸 수 있겠구나, 저 자리를 꿰찰 수 있겠구나 하는 가능성이 느껴지는 것이다. 감독의 눈에는 다 보인다. 평소에는 이 정도로 노력하는 선수가 아니었고, 저렇게 한계까지 자기를 몰아붙이는 모습을 보여준 적이 없는 선수였다. 청개구리 기질이 있는 나에게는 통하지 않는다. 결코 선수가 원하는 대로 해주지 않는다. 차라리 전혀 다른 포지션을 수행해온 선수를 그 자리에 기용하고 위험을 감수하며 어떻게든 경기를 치른다. 그러고 나서 지켜본다. 일주일, 이주일, 그리고 한 달. 그렇게 의도적으로 내가 좌절시키고 넘어뜨렸는데도 여전히 그 선수가 똑같이 열심히 하고 있다면 그때는 비로소 기회를 준다.

1부 리그 프로팀, 그곳의 선발선수라는 자리는 어마어마한 지위다. 그 자리는 목표에 도달하기 위해 보이지 않는 곳에서도 묵묵히 노력한 자가 성취해야 마땅하다. 계산적으로 판단하여 잠깐 노력했다고 얻을 수 있는 그런 자리가 아니다.

리더는 꾸준하게 선수들을 고루 지켜보면서 진실된 노력을 알아볼 수 있어야 한다. 그리고 진실된 노력을 기울인 사람에게 그가 더욱 성장할 수 있는 무대에 오를 기회를 기꺼이 건네야 한다.

능력을 넘어서는
결과를 바라지 마라

2024시즌 37라운드. 리그 막바지에 단 두 경기를 남기고 있었다. K리그1에 막 승격했던 해인 작년에는 3위에 올랐지만 지금은 8위로 떨어졌고 파이널 라운드 B에 포함되어 있었다. 그리고 그 아래 팀들과도 승점 차가 크지 않아 피 말리는 잔류 경쟁을 펼치고 있었다. 우리가 삐끗하거나 다른 팀이 기세 좋게 올라오면 영락없이 승강 플레이오프*로 향해야 했다.

애초에 7위로 정규 리그를 마쳤으니 파이널 라운드 B 안에서 그나마 상황이 좋다고는 할 수 있지만 최근 경기들을 분위기 좋게 치르지 못했다. 남은 두 경기에서 우리에게 필요한 승점은 2점. 자력으로 잔류하기 위해 2무만 거두어도 되었다. 즉, 패하지만 않으면 되는 상황이었고 그만큼 '지키는 축구'가 요구되었다. 그러나 내 눈에 자꾸 밟히는 사실이 있었으니, 리그에서 계속 골 맛을 보지 못하고 있다는 것이었다.

나라는 인간은 어쩔 수 없나보다. 결국 수비력보다는 기술이 좋고 골을 넣을 수 있으리라 기대되는 선수들을 대거 투입했다. 라커룸에서 선수들에게 말했다. 남이 안 되기를 바라지 말고 우리가 잘하자고, 우리가 잘해서 남은 결과에 신경 쓰는 일이 없도록 하자고. 선발 투입했던 선수들로도 모자라 전반에 이희균, 최경록을, 후반 33분에 신창무 선수까지 투입해서 더 거센 공격을 요구했다. 그런데도 경기 종료 휘슬이 울리도록 골이 들어가지 않았다. 0대 0 무승부로 승점 단 1점을 벌었고, 타팀들의 경기 결과가 우리에게 유리하게 흘러간 덕에 그라운드에서 잔류를 확정지었다.

지금도 상상하는 것만으로 가슴이 철렁하는 가정이 있다.

---

* K리그1과 K리그2 구단 간의 승강전. K리그1 구단은 잔류를 위해, K리그2 구단은 승격을 위해 모든 것을 쏟아붓는 처절한 승부다.

만약에 11위 전북이 10위 대구를 꺾어주지 않아 순위가 우리한테 불리하게 돌아갔다면 어떻게 되었을까? 상하이 선화와의 ACLE 경기를 겨우 사흘 앞두고 팀의 모든 전력을 쏟아 최종 38라운드를 치러야 했다. 무려 승강 플레이오프 출전권을 결정하는 최후의 라운드를.

그 경기에서 공격적이고 기술적인 선수들을 투입한 것이 정녕 옳은 선택이었을까? 몇 번을 물어봐도 똑같이 답할 수 있다. 가슴이 철렁하는 것은 어쩔 수 없이 여전하지만 나에겐 옳은 선택이었다. 옳은 결과로 만들어내지 못했을 뿐이다.

곧잘 그런 생각을 한다. 더도 말고 덜도 말고 내 능력만큼, 내 분수만큼만 살아야 한다고. 만약 그 시즌에 결국 잔류에 실패했다면 그것은 내 능력이 거둔 결과다. 구단도 그에 따른 인사 조치를 취할 테고, 나는 내 무능력에 의한 결과를 따르면 그만이다. 강등에 처한 팀에겐 미안한 말이 되겠지만, 나에게 맞는 분수라는 게 있는 만큼 팀에게도 분수가 있는 거다. 우리가 그동안 지켜온 철학과 시스템을 부정하면서까지 억지로 붙어 있어봤자 무엇하겠는가.

지금 나의 능력이 그만큼이 안 되는데 그 이상을 바라면 안 된다. 좋은 경기력이라는 것은 나의 능력이 고스란히, 마땅하게 구현되고 있는 상황을 말하는 것이다. 능력이 개뿔도 없으면서 그 이상이 실전에서 나올 거라고 기대해서는 안 된다. 나오더라도 한두 번의 우연일 뿐이다. 능력이 좋으면 자연히 결과는 따라온다고, 딱 해오던 대로 내가 쌓아온 능력만큼만 실전에서 보여준다는 생각으로 임해야 한다.

나도 가끔 나의 능력에 한계를 느끼곤 한다. 아니 가끔이라니, 항상 부족하다. 그러나 나의 한계가 눈앞에 닥치는 때조차 그 이상을 바라지 않는다. 다만 그 이상을 '바라고 싶다'는 마음은 있다. 바라고 싶다면 방법은 하나다. 배우고 노력해서 능력을 키워야 한다.

나의 감독 스타일과 가장 맞지 않는 감독의 유형을 찾자면 그것은 '덕장'일 것이다. 경기장 밖에서 코트와 목도리를 내던지고 미친놈처럼 소리를 질러대는 모습을 보고 어느 미친 사람이 덕장 칭호를 붙여주겠는가. 나는 앞으로 좋은 감독이 되지 못할 테고 좋은 감독이 되고 싶다는 바람도 없다. 대신 나는 능력 있는 감독이 되고 싶다. 그래서 딱 나의 능력만큼만 이루기를 바라고, 그 성취가 지금보다 훨씬 더 높은 위치이기를 진심으로 바란다.

제3장

음덕양보

남몰래 덕을 베푸는 사람에겐
반드시 보답이 따른다

陰德陽報

감독은
성장시키는 사람이다

철망 건너편에는 잔디 구장이 펼쳐져 있었다. 그 위로 저 멀리 내가 뻥 차서 넘긴 볼도 보였다. 나는 철망에 발을 올렸고 한 손 한 손, 한 발 한 발 올라갔다. 꼭대기까지 올라가서 건너편으로 넘어가며 아래를 보니 좀 움츠러들기는 했다. 높이가 족히 한 7미터는 되었다. 이렇게까지 축구를 해야 하나? 아니, 이렇게까지라도 할 수밖에 없다.

나름 대학축구를 제패한 뒤 고대하던 프로축구 구단에 입단했지만, 연습생* 신분이었던 나에겐 경기에 뛸 기회가 주어지지 않았다. 몇 달째 경기에 발을 디디지 못했고 벤치라도 지키게 되면 그나마 다행이었다. 지금처럼 남들과 똑같이 훈련하면 나에게 돌아올 결과는 불 보듯 뻔했다. 별 볼 일 없는 선수밖에 못 될 것이다. 남들이 쉬고 놀고 잘 때도 훈련을 해야 한다는 생각으로 이어졌다. 그것이 출입을 막아놓은 이 잔디 구장에 한밤중 몰래 들어선 이유였다.

조명은 진작 꺼졌고 희미한 달빛에 의존해서 공을 찼다. 90분의 단독 훈련. 철망을 오르는 것이 한 번이 어렵지, 두 번째부터는 어렵지 않았다. 나는 그날 이후로 매일같이 철망을 올라 건너편의 잔디 구장으로 넘어갔다. 안 되던 것이 되기 시작하던 때도 있었고, 되던 것이 더 잘되는 기쁜 순간도 있었다. 그러나 안 되는 게 끝까지 안 되는 좌절의 순간이 더 많았다. 그 생활이 몇 개월은 이어졌다.

그래서 그 많은 담을 넘은 끝에 나는 주전선수가 되는 데 성공했을까? 별 볼 일 없는 후보선수의 처지에서 벗어났을까? 끝내 나는 그 시즌 내내 한 경기도 뛰지 못했다. 서서히 알게

* 각 구단이 다음 시즌에 뛰게 될 신인 선수를 지명하는 드래프트를 실시하는데, 여기서 선택받지 못한 선수들 중 추가 지명을 통해 수급한 선수.

된 사실인데, 열심히 하지 않는 선수는 없었고 나의 노력이 대단히 유별난 건 아니었다. 다들 매달릴 것이라고는 축구밖에 없는, 축구가 최후의 보루인 친구들이었다. 잘하는 선수는 잘해서 열심이었고, 못하는 선수는 못해서 열심이었다.

그 와중에도 실력이 월등히 자라는 선수들이 있었다. 그리고 그들 옆에는 항상 누군가가 있었다. 똑같은 시간을 쓰더라도 어떻게 시간을 써야 하는지를 가르쳐주는 사람이 곁에 있는 선수는 어느새 도저히 따라갈 수 없는 상대가 되어 있었다. 성장이란 것이 본디 외로운 것이라곤 하지만, 외로운 선수는 빠르고 크게 성장할 수 없다. 나는 무모하게, 그리고 고독하게 열심히만 했고, 이제 와서 생각해보면 당시 나에게 달리 뾰족한 방법도 없었던 것 같다.

별 볼 일 없는 정도는 아니었지만 그렇다고 대단치도 않았던 선수 커리어를 마치고, 2011년 모교에서 처음으로 축구부의 코치가 되어 나보다 열다섯은 더 어린 선수들을 보며 자주 생각했다. 저 친구들을 외롭게 하지 않겠다고. 한 명의 선수조차 외롭고 무모하게 싸우도록 저버리지 않겠다고. 그리고 그들을 저버리지 않는 유일한 방법은 나의 시간을 쓰는 것이었다.

사람의 마음을 얻으려면 상대에게 내 시간을 들여야 한다. 사람이란 자신한테 각별하게 시간을 마련해준 이를 각별한 사람이라 인식하는 동물이다. 부족한 시간 앞에서는 어떠한 입에 발린 말도 소용없다. 그리고 그 시간을 부여받지 못한다면 당사자는 귀신같이 안다. 선수로 뛰던 거의 모든 시간 동안 내가 그랬던 것처럼, 외면받는다는 현실은 모를 수가 없다. 그리고 그 현실은 상당히 쓰라리다.

감독이 되어 코치진을 꾸린 지금도, 성장해가는 젊은 선수들을 대할 때는 그들의 자세를 보고 직접 하나하나 바로잡아주곤 한다. 훈련장에서 발견한 문제는 그 즉시, 경기장에서 보인 문제는 오래지 않아 개별 미팅을 마련해서 지적하고 그 자리에서 피드백을 받는다. 감독이 한 명의 선수한테 그렇게까지 하나 싶을지도 모르지만, 오히려 감독이기에 그래야 한다. 선수는 자신에게 시간을 투자한 지도자를 따른다.

물론 나도 사람인지라 간혹 어떤 선수 앞에선 가르치는 의미를 힘겹게 찾아내야 할 때가 있다. 그렇게 애를 먹을 때면 연습생 시절의 이정효가 내 앞에 있다고 상상한다. 그래, 나는 부족한 선수였다. 그렇지만 누군가가 내 부족함을 기다려주었다면, 내 부족함을 다른 무언가로 채워주었다면 나도 조금 더 좋은 선수가 되지 않았을까. 그렇게 생각을 하면 가르치는 의미 하나가 생기고 만다.

내가 가르치는 선수가 나보다는 좋은 선수가 되길 바란다.

내친김에 내가 못 가본 국가대표에도 승선해보고, 내가 선수 시절 받아보긴커녕 꿈도 꿔보지 못한 연봉이 통장에 찍히는 희열도 누려보길 바란다. 감독을 하며 만날 또다른 이정효들의 커리어가 선수 시절의 나처럼 끝나지 않기를 바란다. 내가 기꺼이 높은 철망을 함께 넘어주리라.

팀을 해치면
공개적으로 질타하라

늘 기억해야 할 것이 있다. 아무리 성인이라고 하지만 많은 선수들은 아직 어린 청년이다. 그 나이에 이르도록 해본 게 축구밖에 없는 이들이다. 그래서 선수 한 명을 놓고 인터뷰라든가 기자회견이라든가 팀 밖에서 질책하는 것은 이 어린 친구를 외롭게 고립시키는 짓이기에 반드시 피하고 있지만, 옆에다 놓고 아주 무안을 준 일이 한 번 있기는 하다.

2024-25시즌 ACLE 리그스테이지 최종전, 광주 FC와 태

국의 부리람 유나이티드의 경기였다. 전반전은 2대 0으로 밀리면서 마쳤는데, 점수도 점수지만 경기력 자체가 2월의 추운 날씨에 경기장을 찾아온 팬들에게 죄송스러울 정도였다. 다행히도 후반전 오후성 선수가 멀티골을 집어넣으며 경기는 동점으로 끝났다. 상대 부리람이 태국 리그를 4연패 했던 강호였고 광주 FC는 이미 16강 진출을 확정지은 상태였지만 그래도 승점 1점은 아쉬웠다.

기자회견에서 소감을 말하며 오후성 선수의 두 골을 언급하면서 그가 두 번째 골을 넣은 뒤 세레머니를 한 것을 강하게 질책했다. 나중에 영상으로 기자회견 때의 오후성의 얼굴을 보니 좀 딱했다. 바로 옆에서 기자들을 앞에 두고 아주 혼내고 있으니. 그래도 경기를 잘했고 바로 옆에 있으니까 혼낸 거였다. 적어도 이건 뒷담화는 아니니까.

오후성은 내가 대단히 높은 기대치를 가진 선수였다. 기대치가 높다는 것은 해당 선수를 두고 세워둔 기준이 높다는 뜻이다. 모든 선수에게 많은 것을 바라는 나지만 그렇다고 모두에게 똑같은 기준을 적용하지는 않는다. 나의 기대가 1에서 10까지가 있다고 하면, 프로 1년 차 신인 선수에게 5 이상의 산출물을 바라지 않는다. 그러나 5년 차가 넘는 선수에게는 당연히 6 이상의 산출물을 바란다.

오후성은 데뷔는 2018년에 했으나 경기에는 이제 막 본격적으로 출전하며 활약을 시작한 선수였다. 그동안 얼마나 마음고생을 심하게 앓았겠는가. 그런 과정을 겪은 선수라면 더 자신을 한계까지 몰아붙여야 하고 지금의 스스로에 대해 만족해서는 안 된다. 후반 22분에 멋지게 추격골을 성공시키고 미소도 짓지 않은 채로 누구보다 빨리 공을 잡아서 중앙선으로 향했던 것처럼 동점골을 넣고도 그랬어야 했다. 아직 경기가 20분은 남았다. 첫 골을 넣고 6분이 지나서 동점골을 넣었다면 그 기세를 몰아 골을 더 넣을 수 있는 것 아닌가. 그런데 팬들을 향해 뛰어가서 세레머니를 하는 걸 보고 너무 화가 났다. 세레머니를 뭐 2, 3분 동안 하는 것도 아닌데 이리 흥분할 일이냐고 할지도 모르겠으나 걸리는 시간이 문제가 아니다. 그것은 내가 광주 FC에 입혀온 축구가 아니었다. 그래서 선수들 앞에서도 화를 냈고 결국 그 화가 기자회견에서도 이어졌다.

감독은 질책할 자리를 가려야 한다. 모두가 알아야 할 것과 알지 않아도 될 것을 구분해야 한다. 가령 패스미스를 범하거나 빌드업 과정에서 공을 빼앗기는 등의 개인적인 실수는 선수가 위축될 수 있으니 꼭 지적해야 한다면 일대일 면담에서 해야 한다. 반면 팀플레이의 원칙을 어겼으면 모두가 있는 자리에서 질책하여 모두가 듣고 되새겨야 한다. 선수는 팀을 향한 미안함을 가져야 하고 그래서 다른 선수들도 나 역시 저러면 안 되는구나, 하는 경계심을 가져야 한다.

선수가 분명히 원칙을 어겼는데도 넘어가주는 일이 있어서는 안 된다. 팀에 큰 기여를 하고 에이스 역할을 수행하는 스타 선수도 예외가 될 수 없다. 실력과 위상에 맞게끔 대우해주는 것은 필요하나, 똑같이 팀플레이의 원칙을 어겼는데 질책을 미루거나 생략하는 것은 명확한 차별이다. 가르침은 있되 차별은 있어서는 안 된다.

예를 들어 용병 중에는 자존감이 매우 높은 선수들이 있고 그들 대부분이 수비에 소극적이거나 자신은 압박에 좀 덜 참여해도 된다고 생각한다. 볼을 빼앗기거나 킥에 실패해놓고 꼭 고개를 절레절레 흔들거나 손으로 머리를 감싸는데 거의 예외가 없다. 가브리엘, 아사니, 프리드욘슨…… 실력이 뛰어난 만큼 자신에 대한 기대가 커서 그런지 항상 그런다. 그리고 그걸 보는 나는 항상 분통이 터진다. 경기 중에 아쉬워할 새가 어디 있는가. 아르헨티나의 메시처럼 다른 열 명이 자신을 위해 뛰어주는 것도 아니고, 얼른 수비로 전환해서 압박을 할 생각을 해야지. 그래서 용병이 팀에 들어올 때마다 꼭 통과의례처럼 호되게 질책을 해야 한다.

리버풀을 9년 동안 이끌었던 위르겐 클롭 감독의 인터뷰에서 아주 재미난 일화를 들었다. 시즌을 치르는 도중에 리버풀의 한 선수가 전날 파티에서 늦게까지 술을 마시고 놀았다는 걸 감독이 알게 되었다. 클롭은 그 선수를 개인적으로 질타하지도, 무슨 징계를 내리지도 않았다. 대신에 팀원 모두가 있는 자리에서 상세히 고해달라고 했다. 어젯밤에 대체 얼마나 대단한 파티를 즐긴 거냐고. 우리는 잘 모르니까 좀 말해달라고.

아마 그 미팅은 상당히 유쾌한 자리였을 거다. 어쨌든 프로정신을 잊은 셈이니 선수는 민망함과 미안함을 안은 채로 어젯밤에 관해 떠들었을 테고 나머지 사람들은 미묘한 웃음을 지닌 채 그 말을 들었을 거다. 몸 관리에 진심인 모두 앞에서 어젯밤 자신이 무슨 짓을 했는지 고백한 그 선수는 시즌 중에 파티를 즐길 생각을 아예 거두지 않았을까? 다른 선수들도 마찬가지로, 내가 일탈을 저지르면 나도 저렇게 모두 앞에서 내 잘못을 고해야 하는구나, 하고 느꼈을 것이다. 과연 명장답게 굉장히 우아하고 현명한 훈계 방식이라고 생각했다.

나는 아직 멀었다. 부리람 전으로부터 3개월 뒤에 찾아온 5월 5일 어린이날, 경기장에서 오후성 선수를 손으로 밀치면서 상당히 많은 기사에 실리며 시달렸다. '저런 축구', '감독 연봉에 관한 질문' 때와는 비교도 되지 않는 양이었다. 어린이들 앞에서 추태라는 비난이 끊이지 않았고, 아동심리학자한테도 한마디 들었다. 아이들에게 두려움과 불안감을 심어주었다고, 어린이들이 공격적인 행동을 배울 수 있다고. 정말 잘못했고 정말 추태이긴 했다. 우아한 클럽에게 그렇게 감탄했으면서 아직은 우아한 이정효가 되지 못했다. 질책의 원칙을 지켜나가면서 우아함 한 방울을 나에게 떨어뜨리는 것이 필요하겠구나, 하는 생각이 든 경험이었다.

성장의 속도는
사람마다 다르다

 2024년 6월, 오전 훈련을 마치고 나가서 점심을 먹는데 전화가 울렸다. 변준수 선수였다. 그는 곧 있는 동아시안컵에 국가대표로 발탁되었다면서 나한테 맨 처음 알린다고 들뜬 목소리로 말했다. 몇 번을 감사하다고 하기에 나한테 고마워할 게 없다고, 네가 열심히 해서 따낸 거라고, 축하한다고 말해주었다. 내심 기대하고 있었지만 그래도 기쁨이 주체가 되지 않았다. 감독을 하면서 가장 큰 희열을 느끼는 순간인데 어쩌겠

나. 선수를 성장시켜 국가대표에 이름을 올릴 때, 그가 우리 팀에서 배출한 몇 번째 국가대표이든 상관없이 나는 한없는 기쁨을 느낀다.

감독을 하다보면 가끔 지칠 때가 있다. 아니, 솔직히 꽤 자주 지친다. 매일 선수들을 동기 부여해주고 나면 그럼 내 동기는 누가 부여해주지, 아쉬울 때도 있다. 누군들 해주겠는가. 이 직업이란 것이 그렇다. 죽일 듯이 경쟁해야 하고, 승패 하나하나에 연연해야 하고, 그러면서 일희일비하고…… 그야말로 사람을 빠른 속도로 늙게 만든다. 그렇게 지치다가도 나를 일으켜 세우는 이런 순간이 있다.

감독에겐 한 서른 명은 되는 선수를 함께 성장시키는 과제가 부여된다. 그중에는 성장이 어느 정도 끝나가는 선수, 나이로 인하여 오히려 기량이 하락해가는 베테랑 선수도 있지만 그들에게도 성장할 영역은 존재한다. 그러나 아무리 뭐라 해도 역시, 젊은 선수들의 성장 속도는 각별하다. 질투가 날 정도로 성장해갈 예정인 이 선수들을 보며 생각한다. 얘를 어떻게 만들어갈까?

2022년 광주에 부임하고 치르는 첫 시즌, 누가 봐도 눈에 띄는 속도로 성장하는 두 선수가 있었다. 엄지성과 정호연 선수였다. 그렇게 먼저 성장하며 치고 나가는 선수가 있으면 다른 선수들도 경계심을 가지고 더 열심히 해서 다 같이 성장한다. 한 팀에 있더라도 같은 포지션을 두고 다투는 경쟁자가 아닌가. 서로 경쟁하며 같이 성장하는 것이 이상적인 성장의 방식이다. 그런데 엄지성과 정호연의 성장은 너무 빨라 무서울 정도였다. 뭘 하나 가르쳐주면 저절로 두 개, 세 개를 알았다. 어제의 축구와 오늘의 축구와 내일의 축구가 다 달랐다. 감독을 하면 더 빨리 성장하는 선수에게 으레 눈이 먼저 가는데, 이때 성장이 느린 선수는 주눅이 들기 마련이다.

엄지성과 정호연에 비하여 이희균 선수의 성장은 더뎠다. 본인부터 답답해하는 것이 보였다. 자기보다 두 살, 네 살은 어린 후배가 치고 올라오고 자신을 앞지르는 것을 보는 것은 보통 힘든 일이 아니다. 그런 이희균 선수를 보며 생각했다. 대체 왜 저렇게 더딜까? 왜 똑같이 가르쳐주는데 성장하는 게 저리 다르지?

알다시피 이희균 선수는 시간이 흐르면서 당시 나의 의심이 무색할 만큼 성장을 이루어냈다. 한 해 동안은 거의 벤치를 지키며 로테이션 자원으로 뛰다가 그다음 해에는 광주 FC의 핵심 자원이 되어 활약했다. 그의 성장을 보며 내가 다다른 결론은, 성장의 속도는 사람마다 다르다는 것이었다. 선수가 가지고 있는 재능, 성품, 피지컬이 다르듯이 성장의 속도라는 것도 개인이 가진 개성이다. 내가 지금 빠르게 성장하고 있다고 해서 몇 년이 지나도록 같은 속도로 쭉 성장하는 것이 아니다. 빅클럽 소속의 유망주로서 세계적인 선수가 될 줄 알았다가 지금은 어디서 뛰고 있는지도 모르게 된 선수들이 얼마나 많은가. 마찬가지로 내가 지금은 다소 성장이 더디지만 갑자기 성장세가 급박하게 올라가는 시기가 오기도 한다. 흔히 말하는 "포텐이 터진다"라고 하는, 그 낭만적인 시기가 축구에는 실제로 존재한다. 그저 그랬던 선수가 갑자기 그 성장의 물살을 만나 세계적인 수준까지 가는 경우가 종종 있다. 따라서 경쟁하고 거기서 밀리면 속상해하되 조급해해서는 안 된다. 나의 시간이 오리라고 굳게 믿고 단련을 멈추지 말아야 한다.

성장의 속도가 다르다는 것. 이는 실은 선수보다 감독이 더 명심해야 하는 사실이다. 초기에 성장 가능성을 보여주지 못한다는 이유로 외면받고 방치되는 선수들이 얼마나 많은지 모른다. 자신의 인생 내내 축구만을 해온 선수들이다. 감독에게는 서른 명 중 하나겠지만 당사자로서는 평생 해왔고 유일하게 할 줄 아는 영역에서 거부당하고 있는 것이다. 인생을 통째로 거부당하고 있는 것이나 마찬가지다.

감독은 기다릴 줄 아는 사람이다. 누군가 뒤처져 있다고 해서 그 선수의 2년, 3년 후를 함부로 재단해서는 안 된다. 긍정적인 자세와 노력하는 태도가 분명히 있다면 끈기 있게 기다려주고 똑같이 가르치는 것, 그리고 선수가 포기하지 않는 이상 절대 선수를 포기하지 않는 것이 지도자가 갖추어야 할 최고의 덕목이다.

착한 선수를
키워라

또 입이 댓 발 나왔다. 자기도 본격적으로 축구를 해온 게 10년이 넘을 텐데, 이제까지 축구를 해오면서 겪어온 수준에 서는 늘 통해왔을 텐데 느닷없이 거기에 딴지를 건다고 느낄 수밖에. 알겠습니다, 하고 대답은 하지만 미간의 인상은 못 숨 긴다. 감독이 자꾸 자기만 붙잡고 잔소리를 한다고 느끼는지 공을 차면서 은근히 멀찍이 떨어진다.

아무리 그냥 연습이어도, 패스가 자기한테 올 때 압박해올 상대의 움직임에 대비해서 다음 플레이를 미리 계산하라는 이야기였다. 볼을 잡고 간수해놓은 다음에야 플레이를 시작하는 것이 아니라, 공이 오기 전에 이미 나의 플레이가 시작되는 거라는 이야기를 길게 설명했다. 이미 누군가한테 들어본 내용일 수도 있고, 짧은 말로 지시만 해도 그 자리에서는 알아들을 내용일 수도 있다. 그렇지만 어린 선수에겐 내 몸으로 직접 보여주면서 자세히 설명해주는 것과 짧게 한번 딱 지시하는 것에 큰 차이가 있다. 그래서 설명이 좀 길어졌는데 그걸 가지고 인상을 쓴다. 나보다 서른 살은 어린 친구가 저렇게 삐쳐서 돌아가는 걸 보니 내가 무서워 못 살겠다.

그래도 가만 지켜보니 훈련하면서 계속 내가 가르쳐준 대로 하고 있다. 진짜 삐치는 애들은 나더러 보라는 건지 저쪽에 가서 앉아서 한숨 푹푹 쉬는데. 기분은 나쁘지만 틀린 말은 또 아니니까 인정하고서 그대로 한번 해보는 거다. 그래, 됐다. 착한 애다.

내가 선수를 볼 때 가장 먼저 보는 것은 그들의 '장점'이다. 스피드, 기술, 시야, 멀티 능력, 축구 센스 등 이 선수가 무엇을 가지고 있는지를 우선적으로 본다. 만약에 뚜렷한 장점이 퍼뜩 보이지 않는다면? 냉정한 말이겠지만 팀에 합류시키지 않는 것이 맞다. 그것마저 보이지 않는 선수를 억지로 성장시키려 하는 것은 한 팀의 감독이 할 선택은 아니라고 생각한다. 의외로, 선수가 당장 가지고 있는 장점은 꽤나 잘 보인다. 특히 나한테 없는, 즉 우리 팀에 없어서 필요한 장점일수록 눈에 잘 보인다.

그리고 나는 그 장점을 보면서 상상한다. 이 선수가 저 장점을 가지고 몇 년 내에 어떤 선수로 성장할지, 그래서 우리 팀에서는 어떤 역할을 수행할 수 있을지를. 솔직히 말해 선수가 얼마나 대단하게 성장할지 그 잠재력을 상상하는 것은 고도의 데이터 기술을 사용한다고 해도 쉽지 않은 일이고 오차도 많이 발생한다. 그래서 상상은 자유롭게 하지만 그 장점만을 가지고 함부로 판단하지는 않으려고 한다.

따라서 그때 장점 다음으로 보는 것이 있으니, 바로 인성이다. 2011년 코치 생활을 시작하고부터 지금까지를 돌이켜보건대, 착한 선수가 높은 곳으로 가더라. 내가 말하는 인성과 착함은 도덕적인 면을 말하는 것이 결코 아니다. 축구에서 인성이란 다른 사람의 의견을 받아들일 줄 아는 태도를 말한다. 자신이 10년 넘게 배우고 성공적으로 해온 축구에 위배될지라도, 그동안의 내가 송두리째 틀린 것은 아닐까 의심할 수 있는 용기이고, 화가 치밀어서 입을 삐쭉 내밀 만큼 분을 숨길 수가 없지만 더 높은 곳으로 가기 위해서 새롭고 어색한 것을 자신에게 적용해보려 하는 열린 마음이다.

혹시나 이런 말을 하면 내가 고분고분한 선수를 선호한다고 여길지도 모르겠다. 그건 절대 아니라는 말을 해두고 싶다. 물론 내가 하는 말마다 "네, 감독님 말이 맞습니다", "네, 인지하겠습니다" 하며 어쩜 한 번의 의심도 표하지 않았던 정호연 선수를 총애한 것은 맞지만, 그것은 정호연의 고분고분함이 아니라 정호연의 실력을 예뻐한 거다. 오히려 나는 내 말에 딴지를 거는 선수와의 대화를 좋아한다. 이를테면 최경록같이.

최경록 선수는 나와 분석코치가 편집한 영상과 함께 피드백을 건네면 좀처럼 그냥 넘어가는 법이 없고 꼭 한마디를 하곤 했다. 나의 코칭에 꽤나 많은 질문을 던지는 선수였는데 나는 그 당돌함이 너무 반가웠다. 만약 그 당돌함에 고집스러움에서 비롯된 의심이 들어가 있다면 그리 반갑지 않겠지만 거기엔 항상 열정에서 비롯된 의문이 들어가 있었다. "아, 그건 아닌 거 같은데요" 하면서 부정하는 것이 아니라 "그러지 말고 이렇게 해보면 어떨까요?" 하는 실험적 태도를 느꼈다. 나에게 걸어오는 일상적인 딴지와 상관없이, 그런 점에서 최경록은 인성이 참 좋은 선수였다.

문득 선수들에게만 일방적으로 적용하던 이 인성이란 기준을 나에게도 늘 적용해야겠다는 생각이 든다. 나도 선수들과 마찬가지로 한시도 배움을 그만둘 수 없는 처지다. 감독의 입장에서도 내가 해보지 않은 것, 새로운 것을 접하고 배울 때는 반감이 슬며시 고개를 들곤 한다. 그럴 때마다 일부러 반감을 누르고 그것을 호기심으로 바꾸려고 애를 쓰는데, 이게 항상 쉬운 일은 아니다.

선수들한테 인성을 요구하기 전에 나부터 인성 좋은 감독이 되어야 한다. 여태 감독 생활을 하면서 인성 좋다, 덕장이다, 하는 소리는 못 들어봤고 앞으로도 못 들을 것 같은 나지만 그래도 내 기준에서만은 '착한 감독'이 되어야겠다.

선수가 꿈을 꾸게 하는 것이
지도자의 역할이다

광주 FC에 감독으로 선임된 뒤 비슷한 시기에 대학 선수가 입단했다. 그는 선수, 나는 감독이지만 초짜인 것은 마찬가지니 왠지 입단 동기 같은 느낌도 들었다. 스물두 살의 앳된 얼굴에, 포지션은 미드필더를 맡고 있다고 했다. 선수의 이름은 정호연이었다.

지금은 아시안 게임 금메달도 획득하고 국가대표에도 발탁되는 선수를 두고 내가 이런 말을 하기가 좀 미안하지만, 정호연 선수를 보면서 든 느낌은 '얘는 딱 옛날 나 같은 선수네'였다. 재능이 있으니까 고등학교, 대학교 때 잘했고 프로팀에도 입단을 했을 테지만 그렇다고 최고 수준의 잠재력을 지닌 것처럼 보이지는 않았다. 그래도 성실하긴 하고 받아들이는 태도가 우수하고 배움에 도전적이었다. 엄청나게 뛰어나지는 않으나 있으면 있는 대로 괜찮아서 어쨌든 경기는 뛰는, 딱 선수 시절의 이정효 같은 선수. 나와 다른 점이라 하면 본인의 외모처럼 사람이 순하고 겸손하고 해맑다는 점이었다.

정호연 선수에게 대망의 프로 입단 첫 시즌인데 목표가 무엇이냐 물었다. 그는 머뭇거리며 특유의 해맑은 표정으로 대답했다.

"이번 시즌 동안 열다섯 경기 이상 뛰었으면 좋겠습니다, 감독님. 부상 없이 시즌을 치르는 것도요."

나가라, 라는 소리가 바로 나왔다. 뭐 이런 순박한 목표가 다 있지? 어떻게 시즌을 잘 치러서 국가대표에 발탁되는 야무진 이야기까지는 바라지 않더라도 보통은 공격 포인트라든지, 수비적인 포지션 때문에 공격 포인트를 거두기 어렵다면 라운드 베스트에 몇 차례 포함되는 거라든가 그런 걸 말하지 않나? 앞이 훤하다며 나무랐다. 그러고는 일러줬다. 올해는 네가 U22 의무출전제도* 덕분에 경기에 많이 나갈 거라고, 그렇지만 23세가 되는 내년까지 성장하지 못하면 너에겐 '나이'라는 메리트가 사라진다, 기회가 닥친 올해에 확실한 경쟁력과 너만의 색깔을 쟁취해야 한다고. 그리고 하나 더, 목표는 반드시 다시 세우라고.

정호연 선수는 그해에 36경기에 출전했다. 그 많은 출전 횟수는 U22 룰의 수혜를 입은 덕택이 아니었다. 처음에는 정호연 선수가 수비에 덜 참여하고 공이 자기에게 오고 나서야 플레이하는 모습을 보이기에 시즌이 시작되고 한 달 동안은 자기 포지션이 아닌 풀백에 놓고 수비만 시켰다. 많이 뛸 수밖에 없도록, 수비를 할 수밖에 없도록 만들었다. 시즌이 끝날 무렵 정호연은 수비에 소극적이고 공을 예쁘게만 차던 예전 모습을 버리고 이제 긍정적인 의미에서의 반칙왕이 되어 있었다. 첫 시즌부터 팀의 핵심 멤버가 되었고, 그다음 시즌 U22 룰의 수혜를 받지 못하는 나이가 되었을 때에도 34경기에 출전했다. K리그1 영플레이어상을 수상했으며, '딱 옛날 나 같은 선수네'라는 내 생각이 무색할 만큼 성장해버렸다. '어린 이정

---

* 유소년 시스템을 강화하기 위해 한국프로축구연맹이 세운 규정. 만 22세 이하의 국내 선수가 출전 선수 명단에 최소 2명 포함되도록 의무화되어 있었으며, 2026시즌부터는 크게 완화될 예정이다. 'U22 룰'이라고 줄여 말한다.

효'라고 여기고 가르친 선수가 쑥쑥 크는 걸 보는데 그 이상 재미있을 수 없었다.

가끔 선수들에게 진심으로 부러움을 내비칠 때가 있다. 나는 선수 시절에 이런 축구를 해본 적이 없었다고. 정말 백 퍼센트 진심에서 나오는 말이다. 선수로 뛰면서 해도해도 안 되는 벽에 부딪혔을 때, 나는 할 수 있는 게 달리 없었다. 밤에 운동장 벽을 타고 넘어서 혼자 공만 이리저리 찼을 뿐이다. 타고난 센스나 피지컬에 의존하는 축구 대신에 이렇게 전술을 이해시키는 방식으로, 디테일 하나하나 세심하게 축구를 가르쳐줬더라면 나도 좀 좋은 선수가 되지 않았을까? 나의 신체나 센스의 수준이 안정환이 타고난 정도로 될 수는 없었겠지만, 다른 유형으로 발전된 선수가 될 가능성도 있지 않았을까? 시간을 돌릴 수 없다는 아쉬움을 담아 선수들에게 말한다. 너희들은 정말 좋은 축구를 하고 있는 거라고. 그러니 절대 여기서 만족하지 말고 더 높은 곳을 향해야 한다고.

지도자의 역할은 꽃을 피우려는 선수들이 꽃을 더 활짝 피울 수 있도록 그들을 가꿔주는 것이다. 즉, 선수의 꿈을 더 크게 만들어주는 것이다. 꿈이 큰 사람에게는 더 큰 노력이 필요하고 그럼 정말로 그 노력을 쏟는다. 반면 꿈이 작으면 그것을 달성했을 때 만족해버리고 거기서 더 나아가지 않는다. 선수로 하여금 만족스러운 결과에 만족하는 일이 없도록, 지금 노력하는 것보다 더 노력하도록 등을 떠밀어야 한다. 가끔 정호연처럼 꿈을 크게 키우고 더 높은 곳으로 가고자 하는 선수가 나온다. 나는 그들이 정말 그 꿈으로 향해 갈 수 있도록, 그 과정에서 달성해야 하는 명확한 목표를 세워주고 함께 계획을 짜서 그것을 함께 달성해간다. 지도자로서 가장 뿌듯한 순간이다.

그러나 절대로 그리 되지 말자며 다짐하는 것이 있다. 어떤 선수가 세계 유수의 클럽에 입단하는 사건이 터지면 여기저기서 다들 그 선수를 자기가 키운 거라며 난리를 치곤 한다. 직전 팀의 감독부터 초등학교 축구부 코치였던 사람까지 가릴 것 없이 가세한다. 행여라도 나는 저렇게 되지 말자고 늘 마음을 다잡는다. 나는 단지 그들이 거쳐 간 감독일 뿐이다. 정호연, 엄지성에게 나는 그들이 커리어를 밟으며 잠깐 들른 사람일 뿐이다.

내가 한 일이라고는 그저 좀더 큰 꿈을 꾸도록 그들을 안내해준 것이고 그것이 내가 돈을 받고 하는 업이었다. 노력하고 결국 목표에 도달한 것은 선수다. 자기들이 잘해서 지금 그 높은 무대에서 높은 수준의 축구를 구사하고 있는 것이다. 굳이 그들의 성장에 직접 기여한 타인을 꼽자면, 그 선수와 함께 오랫동안 연습하고 경기를 치러왔던 동료 선수들이다.

혹여나 잊을지도 모르니 오늘도 스스로에게 말한다. 절대 착각하지 말라고.

마땅한 지적은
1초도 미루지 마라

2025년 4월 컵대회 4라운드 경주시민축구단과의 경기였다. 리그와 ACLE 일정을 병행하고 있던 때라 거의 사흘에 한 경기씩을 치르고 있었고, ACLE 8강에서 알 힐랄과의 만남을 열흘 남기고 있었다.

중요하지 않은 경기는 단 한 경기도 없지만 현실적으로는 모든 경기에 팀이 가진 전력의 백 퍼센트를 쏟아붓기란 쉽지 않다. 특정 경기를 대충 치른다는 것이 아니다. 애초에 빠듯한 리그 일정 속에서 한 번에 백 퍼센트를 쏟는다는 것 자체가 다음의 경기에 부담이 갈 정도로 크게 무리를 하는 것이다. 리그는 장기전이기 때문에 감독이라면 무리를 해서라도 승부할 경기를 가려내야 한다. 그리고 무리하려 마음먹었던 경기에서 실제로는 크게 무리하지 않은 채 결과를 가져오는 것이 감독의 실력이다.

경주와의 경기는 당시 우리 팀으로서는 크게 무리할 수 없는 경기였다. 사흘 전에 치른 강원 FC와의 경기에서 1대 0으로 패배했는데 선수들이 체력적으로 지친 것이 역력했다. 아쉽지만 집중력마저 떨어져 보였다. 때로는 동기 부여보다 휴식이 답일 때도 있다. 상대적으로 그동안 출전 기회를 적게 가져왔던 선수들에게 선발 출전 기회를 주었다. 그러나 다를 것은 없었다. 몇 명의 선수가 새로이 들어가더라도 광주 FC가 구사하는 축구의 성격은 크게 달라지지 않는다.

경기 전 라커룸 미팅을 하러 들어갔다. 평화롭고 침착한 분위기였다. 선발 출전이 오랜만이었던 선수들이 있었다보니 그들에게 실수를 두려워하지 말라, 과감하게 시도하라는 식의 지시를 내리고는 문을 닫고 나왔다. 그러고는 대기실을 향해 몇 걸음을 떼는데 방금 전의 그 침착하고 평화로운 분위기가 마음에 걸렸다.

축구팀에게 라커룸 대화는 전투 전의 연설과 같다. 감독이 말을 마치고 나면 선수들이 자기들끼리 고양되어 파이팅을 외쳐야 한다. 우리 팀은 늘 그래왔고 그것이 당연했다. 그런데 지금은 왜 그런 고양이 느껴지지 않았을까? 이번 경기마저 선발로 뛰는 선수들이 체력적으로 너무 힘든 것인가? 경기의 무게를 가볍게 느끼는 것은 아닐까?

발길을 돌려서 다시 문을 열고 다그쳐야 하나, 잠깐 고민이 들었다. 그리고 고민이 드는 찰나에 결정했다. 말을 할지 말지 고민이 든다? 리더는 그것을, 고민할 필요도 없이 그 즉시 말해야 한다는 신호로 받아들여야 한다.

그래, 말하고 후회하는 일도 있다. 내가 경솔한 언행의 방면에서는 스페셜리스트 아니던가. 감독이라고 어떻게 항상 옳겠나? 그러나 지도자의 자리에 있는 사람이 지적하고 후회하는 위험의 크기는, 지적하지 않아서 후회하는 위험의 크기와 비교하면 훨씬 작다. 나는 큰 위험을 방치할 생각이 없다.

선수를 코칭하기란 정말 쉽지 않다. 어떤 선수가 팀의 전술에 녹아들게 하기 위해서는 선수에게 안 해오던 것, 하기 싫은 것, 힘든 것을 시켜야 한다. 어린 유망주이든 경력 많은 베테랑이든 팀에 새로 합류했다면 움직임과 포지셔닝을 새롭게 가르쳐야 한다. 그리고 이들을 가장 빠르게 변화시키는 길은 즉각

적으로 지적하는 것이다. 잘못을 적립해서는 안 된다. 봐주고 넘어가다가 지적하면 지적받는 쪽에서 반항심이 생긴다. 반항심이 생길 겨를도 없게 잘못이 눈에 보이는 그 순간에 지적해야 한다.

선수들을 코칭하는 일의 쉽지 않은 점 또 하나는, 가르치고 잠깐 한눈을 팔면 원상 복귀가 되어 있다는 점이다. 우리가 해오던 축구를 하고 있지 않고 어느새 자기가 하던 축구를 하고 있다. 그럴 만도 하다. 내가 요구하는 것은 당사자에게 힘든 일이고 하기 싫은 플레이니 자연스럽지가 않은 것이다. 사람은 어렵고 힘든 일을 하는 것보다 편하고 쉬운 일을 하길 좋아한다. 그렇게 제자리로 돌아갈 때마다 감독은 몇 번이고 바로잡아 줘야 한다. 그렇게 반복하며 선수의 가치를 높이는 것이다.

이러는 나도 감독을 처음 맡았을 때에는 선수가 훈련하며 잘못을 저지를 때 메모를 남긴 적도 있었다. 쌓아둔 뒤 나중에 한꺼번에 알려주기 위해서였다. 선수를 생각하면 그렇게 쓸데없는 짓도 없었다. 막심한 후회를 떠올리며 다시금 다짐한다. 1초도 망설이지 않을 것. 지적을 지연하는 만큼 선수의 성장이 지연된다. 지적이 빠를수록 선수는 빠르게 성장한다.

축구를 이론적으로
이해시켜라

지금은 다른 팀에서 활약하고 있는 이희균은 코칭을 하며 내가 좀 특별히 재미있어하는 선수였다. 웬만한 선수들은 호되게 질책하면 그 질책을 빨아들이느라 어떨 때는 주눅이 들기도 하고 어떨 때는 화가 나는 것을 열심히 삼키는 것이 보인다. 이희균 선수는 질책이 반항으로 곧잘 튕겨 나오는 선수였다. 알겠습니다, 하고 끝내면 나도 거기서 적당히 멈출 텐데 자기도 나름대로 열심히 하고 있다, 노력하고 있다는 대답이 대신 돌아온다. 그럼 나는 오히려 더 신나져서 이 질풍노도의 시기를 보내고 있는 사춘기 소년을 다시 맞받아친다. 그 정도 노력 가지고 되겠냐는 식으로.

애초에 나에게 각별한 관심을 일으킨 것은 그의 재능이 먼저였다. 이희균 선수는 한국에서 좀처럼 볼 수 없는 스타일의 미드필더다. 웬만한 선수들은 열심히 익혀도 자기 것으로 만들 수가 없는, 타고나야만 지닐 수 있는 수준의 좋은 장점들을 많이 가지고 있다. 오프더볼 움직임도 좋고 드리블도 좋고 스피드도 빠르면서 게다가 멀티 능력까지 지녔다. 사이드 윙어, 쉐도우 스트라이커, 중앙 미드필더를 전부 맡을 수 있는데 이것은 축구 지능이 상당하다는 뜻이다. 하지만 당시 광주 FC에서 뛰었을 때 그에게 한 가지 없는 것이 있었으니 바로 문전 앞에서 슈팅으로 골을 만들어내는 골 결정력이었다. 골대 앞에서 더 침착하게 한 템포 더 공을 소유했다가 마무리 패스를 하거나 유효슈팅을 해야 하지만 좀처럼 그 벽을 넘어서지 못하는 것이다.

그 단점이 드러날 때마다 이희균 선수를 지적하던 세월이 벌써 2년을 넘어가고 있던 2023년 겨울이었다. 비시즌 중에 동계 전지훈련을 치르며 FC 안양과 연습경기를 치렀다. 사람들이 잘 모를 텐데 나는 연습경기에서 더 흥분한다. 관중들이 있는 경기장에서는 나름의 자제력을 끌어올리고 있는 상태다. 그날 내 화살은 날이 선 채로 평소보다 더 이희균 선수에게 집중되었다.

도대체 왜 그렇게 하는 거냐, 내가 널 어떻게 더 가르쳐야 하냐, 너무 안타깝다…… 연습경기를 진행하면서도 질러대던 질책이 경기가 끝나고 나서도 끊일 기색이 없자 이희균 선수도 머릿속에 있는 자제의 끈을 놓쳐버린 것 같았다. 차마 내 면전에 대고 욕을 쏟아내진 않지만 자기도 덩달아 고개를 쳐들고 저 위에다 고함을 지르고, 나보고 대체 어떻게 하라는 거냐, 안 되는 걸 대체 어떻게 하느냐며 온몸을 부르르 흔들며 따져댔다.

그러면 안 되는데 나도 모르게 웃음이 튀어나왔다. 딱 저 나이, 프로 데뷔 2년 차에 전지훈련에 가서 감독과 코치한테 대들고 날 말리는 주위 사람을 밀치던 나 자신이 생각도 나고, 이 정도의 상황은 나조차 새롭고, 그냥 이희균이라는 선수 자체한테 좀 웃긴 구석이 있기도 하고.

하지만 얼른 웃음을 눌렀다. 저렇게 응어리를 터뜨리는데 화를 일으킨 장본인이 실실 웃으면 안 되지. 이참에 터놓고 이야기하기로 하고 평소에 미뤄뒀던 돈 얘기를 꺼냈다. 너는 지금 네가 받는 그 얼마 안 되는 연봉 수준의 선수라고, 그렇지만 네가 여기서 마무리를 짓는 능력까지 갖고 있으면? 그 두 배, 그리고 두 배의 두 배를 받는 선수가 될 텐데 그 굴레를 깨지 못하고 있어서 내가 너무 안타까워 이러는 것이라고. 그러고는 다시 축구 이야기, 코칭으로 넘어갔다. 극도로 흥분해 있는 선수한테 이론적인 설명을 해가며 그를 이해시키기란 쉽지 않다. 그러나 감독은 그럴 때도 설명해내야 한다. 그래서 선수가 이해할 때까지 몇 번이고 다시 이야기해줬다. 다른 선수들은 미팅을 마치고 씻으러 간 뒤에도 어디 못 가도록 붙잡고 한참이고 설명해줬다.

재미있는 것은 이희균 선수가 당시에 못하던 선수가 아니었다는 점이다. 그렇게 나와 투닥거린 것과 별개로, 실은 그는 팀 안팎으로 꽤나 인정받고 있었고 이미 다음 시즌 부주장으로 선임될 예정인 팀의 핵심 자원이며 붙박이 주전선수였다. 다음 시즌, 본인을 가로막던 벽마저 넘어선 이희균은 잠재성을 터뜨리더니 36경기를 뛰며 활약했다.

이끌고 작전을 짜고 지시하고 지휘하고…… 축구 감독에게 주어지는 일은 너무나 많지만 그중에서도 가장 중요한 업을 하나만 고르자면, 감독은 설득하는 사람이다. 축구로 많은 사람들을 설득해야 한다. 그리고 많은 사람들 중에서도 가장 가까이서 설득해야 하는 상대는 선수들이다. 따라서 축구 감독을 하려면, 선수들에게 내가 하고자 하는 축구에 대해 정확하고 명확하게 설명해서 그들을 이해시킬 수 있는 능력이 있어야 한다.

그 이해란 특정 상황에서 선수가 어떻게 움직여야 하는지 패턴을 익히는 수준에서 멈추어서는 안 된다. 왜 이렇게 움직여야 하는지, 움직임의 이유까지도 이해하는 경지에 이르러야 한다. 이유를 모른다면 그것은 맹목적인 움직임일 뿐이다. 나의 움직임을 통해서 동료가 더 공간을 활용할 수 있는지, 상대 수비수를 더 데리고 갈 수 있는지를 생각하며 움직여야 한다. 그렇게 움직임의 이유와 원리까지 이해하면 전술을 이해하는 선수가 된다. 그리고 비로소 선수 혼자서 가지고 있는 레벨 이상의 플레이를 팀으로서 보여줄 수 있게 되는 것이다. 그렇게 팀은 선수 각자의 역량을 더한 것과는 비교할 수도 없는 엄청난 역량을 품게 된다.

K리그에는 한 시즌에 50명 가까이의 선수 이동이 발생한다. 그중에는 이전 시즌에 뛰던 팀에서는 잘했다가 새로운 팀에서는 그만큼 잘하지 못하는 선수들도 숱하게 나온다. 어디서든 실력을 발휘하는 선수에는 두 부류가 있다. 기량이 워낙 압도적이라 어느 팀에서 뛰는지가 중요하지 않은 선수, 그리고 축구를 전술적·이론적으로 이해하는 선수다. 전자는 육성만으로

도달하기가 사실상 거의 불가능하지만, 후자는 육성으로 도달할 수 있다. 나는 나와 인연을 맺은 선수가 언젠가 나를 떠나더라도, 다른 팀에서도 잘한다는 칭찬을 듣기를 원한다. 그래서 내가 그를 애타게 그리워하기를, 아쉬워하는 쪽이 늘 나이기를 진심으로 바란다.

봐주는 선수는
없다

2024년 10월 ACLE 3라운드, 말레이시아의 강호인 조호르 다룰 탁짐과의 경기였다. 선수들이 워밍업을 마치고 경기에 나가기 전에 라커룸에 모여 있었고 나는 문을 열고 들어갔다.

분위기가 뭔가 이상했다. 경기에 나가는 선수는 왠지 눈치를 보고 있는 것 같고, 나가지 않는 선수는 어딘가 좋지 않은 얼굴로 눈치를 주고 있는 것 같고. 감독을 하다보면 그 미묘한 감정선이 눈에 다 보인다.

짐작 가는 이유는 있었다. 그날 나는 그동안 상대적으로 경기에 나서지 못했던 선수들을 대거 경기에 내보냈다. 이 경기에도 마찬가지지만, 나에겐 이 경기 이후에 그 선수들이 필요했다. 다음을 위하여 그들의 실전 감각과 실전 체력을 길러 놓아야 했다. 그날 경기를 가벼이 본 것은 추호도 아니다. 상대는 강팀이었고 나는 이길 생각이었다.

주로 선발로 나서다가 그날 하필 선발로 뽑히지 않았던 선수들이 어떤 심정이었는지는 충분히 헤아릴 수 있다. 자신들이 그렇게 고생해서 결실로서 출전하게 된 꿈의 무대 ACLE 아니던가. 당연히 그라운드를 밟고 싶었을 것이다. 그러나 하나가 되어야 하는 팀이 둘로 분리되어 있는 모습이라니. 감독이 돼서 그런 걸 보고 그냥 넘어갈 수는 없다.

결국 경기 10분 전, 분위기를 끌어올리고 힘찬 격려를 주고받아야 하는 라커룸 대화에서 나는 분통을 터뜨렸다. 경기 나가는 애들이 죄지었냐고, 왜 너희들의 눈치를 봐야 하냐고 육두문자를 섞어가며 고래고래 외쳤다. 그러고 나서는 출전하는 선수들을 하나하나 바라보며 말했다. 내가 너희를 선택한 것이다, 져도 괜찮으니 신나게 마음껏 뛰다 나오라고. 여전히 화가 난 채로 돌아섰는데 분위기가 바뀐 것이 열기로 느껴졌다. 그때 느꼈다. 이길 수 있겠다고. 아니나 다를까, 시원하게 이겨버렸다.

팀에 충분한 기여를 하지 못하고 있는 구성원이 부채 의식을 갖는 것은 필요하다. 못하는데 당당한 것은 프로의 태도가 아니다. 그러나 반대로, '내가 해낸 것인데', '나의 공헌인데' 하면서 특권 의식을 갖는 선수는 팀에 있어서는 안 된다. 그런 선수는 기량이 얼마나 좋든 상관없이 내 팀에 필요 없다. 내 팀엔 절대 봐주고 편애하는 선수는 없다.

나 역시 사람인지라 잘하는 선수, 열심히 하는 선수에게 더 큰 애정이 가는 것은 어쩔 수 없다. 애정조차 내가 모두에게 공평했다고 이야기한다면 들고 일어나서 나를 욕해댈 선수들 얼굴이 몇 명 떠올라서 차마 그렇게 말하지는 않을 거다. 그러나 마음이 갈 뿐, 그것이 기회를 더 주는 것으로는 이어지진 않는다. 돈 내고 시간을 빼서 경기장에 찾아온 팬들은 정말 수준 높은 경기를 보길 원하고, 우리 손에는 구단의 존폐라는 큰 문제가 걸려 있다. 그런데 내 마음에 든다고, 또는 훈련을 열심히 한다고 경기에 내보낸다? 그런 건 절대 없다. 항상 팀이 우선이다.

그래, 특별히 많이 지적하는 선수는 있다. 그러나 전혀 지적을 받지 않는 선수는 없다. 자존감과 콧대가 저 높이 있는 용병 선수조차 마찬가지다. 지적에서 열외시키는 것은 선수를 위한 것이 결코 아니다. 공격적인 성향의 용병 중에는 압박 수비에 덜 참여하는 선수들이 있다. 특히 그날 경기에서 골이라도 넣으면 '나는 오늘 이만큼 했으니 됐다' 하는 생각이라도 드는 건지 이해가 되지 않는 이상한 플레이를 하는 경우가 있다.

2023시즌 28라운드 수원 삼성 블루윙즈와 붙었을 때, 전반전이 끝나자마자 아사니 선수에게 고래고래 소리를 질렀다. 전반을 2대 0으로 이긴 채로 마쳤고, 아사니는 골도 넣었다. 바로 10분 전에 골망을 흔들고는 나한테 일부러 달려와서 예쁘게 안겼다. 하지만 그런 건 내 머릿속에서 이미 잊힌 뒤였다.

하던 대로 하라고, 열을 내면서 소리를 지르는데 그만하고 좀 들어가라며 심판조차 나를 말렸다. 아사니는 정녕 자기한테 화를 내는 것이 맞는지, 무슨 말인지도 못 알아듣고 영문도 모른 채 어이없어했는데 그 모습이 그대로 중계 카메라에 담겼다.

어쩔 수 없다. 한 골 넣었다고 나머지 열 명이 죽어라 골을 막고 있는데 혼자 안 뛰는 선수는 용납할 수 없다. 공헌한 선수를 존중하지 않는다고 할지 모르지만, 공헌했다는 사실이 동료를 향한 존중을 잊어버리는 이유가 될 수는 없다.

찍히는 선수도
없다

부푼 꿈을 안고 프로 무대에 데뷔한 1998년, 나의 성적은 모든 부문에서 0이었다. 여기엔 조금의 과장도 담겨 있지 않다. 입단한 그해에 나는 부산 대우 로얄즈* 선수단 29명 중 그 어느 대회에도 출전하지 못한 유일한 선수였다. 1997년 대학에서 대회를 치르면서 무릎 부상을 겪었다고는 하나 프로에

* 부산광역시를 연고지로 하는 프로 축구단으로 현재의 부산 아이파크의 전신이다.

와서 훈련을 쉬거나 하지는 않았으니 단순히 부상 탓이라고만은 할 수 없었다.

똑같은 대학을 다니다가 똑같이 졸업해서 똑같은 팀에 입단한 안정환은 당시 저 높이 날아가고 있었다. 데뷔 시즌에 13골을 넣었고, 시즌 베스트 일레븐에도 들어갔고, 국가대표 상비군으로도 뽑혔다. 대학 때 운동장에서 처음 만난 자리에서 정환이와 경쟁 상대가 되는 것 자체를 진작에 포기한 나였지만, 충분히 우리 둘을 견줄 만한 상황에 비교하려는 사람조차 없다는 사실이 뼈아팠다.

그 시점에 나는 전력 외 자원이었으니 방출당하는 것도 각오하고 있던 참이었다. 구단으로서는 경기에 내보낼 생각도 없는데 굳이 데리고 있을 이유가 없지 않았을까. 그러다 나더러 다음 시즌에 새로 입단할 신인 선수들과 같이 훈련을 하라는, 조금은 굴욕적인 지시가 떨어졌다. 아마도 나를 두고 마지막 점검을 하려던 게 아니었나 싶다. 이제 막 입단하는 어린 신인 선수들보다도 기량이 떨어지면 미련 없이 방출시키려는 생각이었을 것이다. 나로서는 다행히도, 새로 입단한 신인들보다는 써먹을 만했나보다. 그래서 새로 계약을 맺고, 시즌을 앞둔 1999년 1월 호주 울런공으로 동계 전지훈련을 떠나는 멤버로 합류했다.

첫 전지훈련이고 재계약도 한 참이니 정말 열심히 해보자고 마음을 다잡았다. 그러나 마음을 다잡으나 마나 달라지는 건 없었다. 따로 경기 상대를 구하지 못한 우리는 선수단 내에서 팀을 나눠 연습경기를 치러야 했고, 훈련을 떠나온 선수는 모두 스물세 명이었다. 고로 11대 11로 경기를 하면 한 명이 남는데 그 한 명이 나였다.

다른 팀과 경쟁하는 경기도 아니고 그냥 자체적으로 치르는 경기인데 돌아가면서 뛰는 게 맞지 않나? 아니 풀타임 출전이 안 된다면 20분은 기대도 안 하니 한 10분만이라도 교체 멤버로 넣어줄 수 있는 거 아닌가? 그런데 그걸 해주지 않는 거다. 벤치에 앉은 채로 한 경기가 끝나고, 두 경기째 끝나고, 세 경기째 끝났다. 단 1분도 투입되지 않았다. 나는 왜 여기 와 있지? 벤치에 외롭게 혼자 앉아 생각했다. 그만하자고. 대신 나한테 왜 그러는지 이유는 알고 그만두자.

저녁에 감독님 방을 찾아갔다. 경기에 뛰지도 못하는 거 한국에 돌아가려니까 비행기표와 수거해간 내 여권을 달라고 했다. 줄 리가 있겠나. 당연히 못 받을 만한 걸 못 받고서 나는 더 흥분했다. 나한테 기회를 안 줄 거라면 어떻게 기회라도 잡아볼 수 있게 다른 팀으로 보내달라고 했다. 계약이라는 게 말처럼 간단한 것도 아니고, 어리광으로밖에 안 들렸을 것이고 실제로 상당 부분 어리광이었다. 당연히 그것도 거절당했고 나는 이제 스스로를 통제하지 못했다. 그동안의 울분을 담아서 감독님한테 못 할 소리까지 더해가며 대들었다. 그 자리에 언제까지 계시나 보자, 뭐 그런 말도 했던 걸로 어렴풋이 기억하는데, 싸가지 없는 말이었던 건 확실하다. 소란을 듣고 코치들이 나타나서 나를 말렸다. 버릇없음의 대가는 확실했다. 누구라고 말하지는 않겠으나 코치 중 한 명에게 끌려가 아주 호되게 혼났다.

시간이 한참 지나 지도자가 된 지금에 와서 돌이켜보면 나를 투입시키지 않을 만한 분명한 이유는 있었다. 팀이란 구성원 하나하나가 매끄러운 톱니바퀴가 되어야 굴러갈 수 있다. 30개의 톱니바퀴가 다 같이 돌아감으로써 수레가 원활히 움직이는 것이다. 그런데 가끔은 따라오지 못하는 선수, 팀에 도움이 되지 않는 선수, 부정적인 에너지를 전파하는 선수가 생기곤 한다. 돌아가지 않는 톱니바퀴 하나로 인해 29개의 톱니바퀴도 제 기능을 하지 못하게 된다. 리더는 냉정한 판단을 회피할 수 없는 자리다. 지도자는 한 명의 선수가 다른 선수들에게 피해를 주는 위험을 방치해서는 안 된다. 절대적으로 중요하다 할 수 없는 연습경기에조차 지도자는 모두에게 동등한 기회를 줄 수 없다. 소중한 한 경기, 한 경기 동안 최대한 많은 선수들이 성장해야 하는데 한 명 때문에 나머지 선수들이 경험과 자신감을 가지는 데 방해가 된다면 그 선수를 제외하는 것이 맞다. 뼈 아픈 사실이지만 당시의 나는 다른 선수들의 성장에 손해를 끼치는 선수로 평가되었던 것이다. 그리고 나 같아도 그런 선수는 연습 경기에 제외시켰을 것이다(그렇다고 벤치에 홀로 앉혀 외로움과 수치를 한몸에 떠안게 하지는 않겠지만).

그러나 한편으로 나라도 그리했겠다는 생각이 든다고 해서 마찬가지의 지도 방식을 따를 필요는 결코 없다고 생각한다. 광주 FC를 감독하면서 나는 절대로 1군과 2군을 나누지 않았다. 물론 상대적으로 더 많이 출전하고 더 적게 출전하는 선수는 있었지만, 그래도 모든 선수가 똑같이 훈련하고 똑같이 미팅하고 똑같이 전술적인 코칭을 받도록 했다. 찍히는 선수도 없었다. 감독한테 한번 찍혀서 그의 부임 기간 중 다시는 선수가 그라운드에 발을 붙이지 못하게 하는 그런 소인배나 하는 짓은 내 팀에서는 일어나서는 안 된다는 것이 철칙이다. 지금은 선발에 잘 나서지 못하는 선수도 어쨌든 기회를 틈타 선발에 내보내기 위해 존재하는 선수다. 스스로가 어떤 선수에게 감정을 가지고 차별을 하고 있지는 않은지 끊임없이 경계해야 하며 모두에게 동등한 기회를 주어야 한다. 물고기를 잡느냐 못 잡느냐는 선수의 몫이지만 모두에게 잡는 방법을 알려주고 누구에게나 잡을 기회를 주는 것이 지도자의 일이다. 그것이 한때 2군 중의 2군이었고 그토록 중요하다는 선수 시절 초창기에 소중한 기회를 압수당해온 서러운 경험이 나에게 전해준 가르침이다.

누구나 등을 떠밀어주는
존재가 필요하다

막상 프로팀으로부터 처음으로 감독직 제안이 들어왔을 때 나는 그것을 넙죽 받아들이지 못하고 있었다. 감독이 될 생각으로 P급 지도자 과정까지 준비하고 있었으면서도 정작 결정의 순간이 찾아오니 호기롭게 박차고 나서지 못했다. 그래, 숨겨서 무엇 하겠는가. 나는 망설이고 있었다.

만으로 마흔여섯이니 감독을 하기에 그리 적은 나이는 아니었다. 프로팀 코치로 7년을 있었으니 제법 오래 했다고 할 수도 있었다. 하지만 하루빨리 수석코치 일을 그만둬야 할 만큼 생활에 불안을 느끼고 있지는 않았다. 굳이 불확실한 미래에 내 몸을 던져야만 할까.

나의 이런저런 인상 때문에 내가 매우 대범한 인성을 타고 났다고 볼지도 모르겠으나 중요한 결정을 앞두고 신중해지는 건 어쩔 수 없었다. 코치에서 감독이 되는 것은 그야말로 엄청난 변화다. 수석코치만 하더라도 이미 어마어마하게 많은 일을 수행해야 하지만 감독직을 맡고 나서는 일의 차원이 달라짐을 이미 어렴풋이 알고 있었다. 선수들은 물론이고 구단, 팬, 언론과 직접 대면해가며 소통해야 하고, 문제라도 터지면 임기응변을 발휘해 대응해야 하고, 설득과 협상을 통하여 상대로부터 원하는 것을 얻어내야 한다. 일의 과중함만이 다가 아니다. 감독은 책임지는 자리다. 성적이 나오지 않거나 선수단 또는 구단과의 관계에 큰 마찰이라도 생기면 깨끗이 자리를 비워야 한다. 한 가족을 먹여 살리는 생계가 끊기는 것이다. 화려한 경력을 지닌, 누구나 아는 스타 출신 선수들과 달리 나 같은 사람에게 기회는 여러 번 주어지지 않는다. 한번 미끄러지면 끝이고 다시 코치 자리로 돌아올 수 있을지 없을지도 모른다. 피부과 전문의로 진로를 바꾸기에는 이젠 늦었다.

이 일을 내가 훌륭히 수행해낼 수 있을까? 축구판에서 아무런 힘도 없고 이렇다 할 인맥도 없는 내가? 고민과 걱정을 거듭하다보니 나 같은 사람에게 감독직을 제안한 광주 FC에 고마움을 넘어 미안한 마음이 들 지경이었다.

결정하지 못한 채로 며칠을 지체하고 있던 어느 날, 어머니와 통화를 하다가 가볍게 물었다. 아킬레스건을 다친 나에게 공부를 해도 된다며 따스한 용기를 준 분이 아니던가. 지금 나에게 가장 필요한 것은 그런 용기일지도 모른다. 딱히 명확한 조언이 돌아오리라는 기대도 하지 않은 채 가벼운 마음으로 물음을 던졌다.

"어머니, 저 어떡해야 할까요?"

그날 나는 훗날 감독이 되어 어느 선수에게도 건넨 적 없는 양과 강도의 호된 질책을 들어야 했다. 30분은 넘게 이어진 그 질책을 열심히 줄이고 가능한 한 좋은 말들로 순화하면 다음과 같은 말씀이었다.

"감독이 뭘 해야 되고 그러다 잘못되면 잘리고, 뭐 그런 건 됐고. 왜 허구한 날 너는 남 좋은 일만 하고 앉아 있는지 모르겠다. 너를 위해서 네가 하고 싶은 것 좀 하고 살아. 잘못돼서 지도자 생활 그만하게 되면, 그러면 또 어떠냐? 이제는 뒤에서 발톱만 숨기고 있지 말고 앞으로 좀 나와라. 나는 우리 아들이 어떤 사람인지 다른 사람들이 좀 알았으면 좋겠다."

워낙 길고 따가웠던 그 질책들을 다 기억하지는 못하나, 그 중에는 "나는 우리 아들 이정효를 믿는다. 너는 잘할 거야" 하는 따뜻한 응원도 섞여 있었을 거다. 틀림없이 그랬다.

그러고 나서는? 다들 알다시피 광주 FC 감독직을 수락해 드디어 감독이 되었다. 어머니의 쓴소리를 듣고 나서 며칠이 지난 뒤였다. 망설이던 나에게 어머니의 말이 트리거가 되어준 셈이다.

웬만하면 아들을 따스하게 응원해주는 편이었던 어머니가 그날은 왜 그렇게 유난히 화를 내셨을까. 뒤늦게 생각하길, 분출하며 살지 못한 당신의 한을 아들이 그대로 이어받아 살고 있는 모습이 언뜻 보였던 것이 아닐까 한다.

어머니의 인생은 절제와 인내의 연속이었다. 젊은 나이에 아홉 살은 많고 다리가 불편한 아버지와 결혼해서 평생토록 어디 1박 2일 놀러 가본 일도 없이 살아온 분이다. 나가는 걸 꺼리는 아버지 때문에 살면서 외식을 해본 횟수가 손에 꼽을 정도다. 평생 다른 사람을 돌보고 도와야 했던 인생을 산 사람으로서, 몇 년이고 남을 뒤에서 지원하고만 있던 아들을 보며 얼마나 속이 터졌을까? 아들마저 자신처럼 저렇게 살아야 하나, 싶었던 게 아닐까 조심스레 짐작해본다.

감독이 된 뒤 어머니의 믿음이 옳았다는 것을 증명할 만큼은 나의 일을 잘해왔다고 믿는다. 그리고 속으로만 생각하지 않았다. 광주 FC가 1부로 승격하고 K리그1 안에서도 파란을 일으키던 중, 돌풍의 원동력이 무엇인가 묻는 말에 나는 답했다. '나'라고. 그러나 이제 와서 고백하자면 그때 어머니가 나의 등을 떠밀지 않았다면 내 감독 커리어는 훨씬 늦어졌거나, 아니면 시작조차 되지 않았을 것이다.

팀이 선전하는 원인이 자신이라고 이야기하는 나와 달리, 어머니는 내가 감독이 되어 이제 조금이나마 이름을 알릴 수 있게 된 데에 본인의 지분이 있다고는 조금도 생각하지 않는다. 그저 잘난 아들이 알아서 잘해낸 거라고만 이야기할 뿐이다.

생각해보면 내가 감독이 되어 힘들게 고생해가며 배우고 정립해온 몇몇 철학을 어머니는 이미 가지고 있었다. 선수가 더 큰 꿈을 꾸게 하는 것이 지도자의 역할이라고 말했으나, 어머니는 진작에 나를 두고 더 큰 꿈을 꾸고 있었고 실제로도 나의 등을 떠밀어 멈춰 있던 나로 하여금 앞으로 나아가게 만들었다. 선수가 성장하여 큰 무대를 향해 가더라도 그걸 감독인 내가 키웠다고 여겨서는 안 된다고 말했지만, 어머니는 진작에 그러고 있었다. 이거야 원, 그냥 처음부터 어머니한테 가르쳐달라고 할 걸 그랬다.

어머니는 내가 감독이 된 뒤로도 질책을 멈추지 않았다. 내가 인터뷰를 좀 세게 해서 기사에 실리기라도 하면 귀신같이 어머니의 눈과 귀에 어떻게든 포착되었다.

"이제 너한테 영향을 받는 사람도 많이 있지 않겠냐. 그럼 좋은 영향을 끼쳐야지. 네가 나쁜 말을 하면 그분들이 나쁜 영향을 받는 거다. 이제는 좀 그만 분출해라."

잘 새겨들어야 한다. 틀린 적이 단 한 번도 없던 분의 말씀이다.

체력은
실전에서 기르는 것

언젠가 바르셀로나 출신 선수의 인터뷰에서 재미난 이야기를 들었다. 이 선수는 펩 과르디올라가 FC 바르셀로나를 지휘하던 시절에 윙 포지션을 맡았었는데, 한번은 자신의 왼쪽 사이드라인을 지키는 대신에 저멀리 공이 돌고 있는 오른쪽으로 이동해서 공을 주고받으며 유연하게 플레이했고 몇 번을 그러다가 골까지 넣었다. 그리고 전반전이 끝나고 펩은 그를 교체해버렸다.

그가 돌이켜 말하길, 펩은 모든 선수에게 자신의 포지션을 철저하게 지키는 것을 요구했다 한다. 메시 정도의 엄청난 크랙*만이 예외가 될 수 있었다. 그리고 극도로 세밀한 전략으로 선수들이 파이널 서드까지 진입할 수 있도록 만들어주었다. 단, 디테일한 지시는 거기까지. 파이널 서드 안에서는 선수들에게 무한한 자유를 부여했다.

짧은 내용의 인터뷰였지만 전술에 대해 많은 통찰을 주는 이야기였다. 그리고 한편으로 떠오르는 생각이 있었다. 파이널 서드 안에서 무한한 자유를 부여한다라. 천하의 펩 과르디올라도 전술과 전략을 통해서 공을 골대 안에 들어가게 할 수는 없는 거구나.

가끔 지독히도 골이 들어가지 않는 시기가 있다. 2023시즌 당당히 K리그1에 승선한 광주 FC는 전 시즌과 마찬가지로 호기롭게 공격 축구를 펼쳤다. 처음에는 객관적인 전력이 약하다고 판단되는 광주를 상대하며 공격으로 응수하던 팀들이 가면 갈수록 수비적으로 내려서기 시작하는 거다. 그 탓에 우리는 4월 강원 FC와의 경기부터 일곱 경기 동안 승리를 맛보지 못했는데, 이보다 더 큰 문제는 일곱 경기를 치르며 오직

---

* crack. 축구에서 대치 상태를 깨고 경기의 흐름을 뒤집을 수 있는 역량을 지닌 선수.

세 골만을 넣었다는 것이었다. 슛이 없지도 않았고 그중에는 유효슈팅도 수차례 있었지만 좀처럼 골망을 가르지는 못했다. 이런 경기가 계속되면 선수도 선수대로 스트레스를 받겠지만 감독은 정말 미칠 노릇이다. 내가 할 수 있는 것이 없어서 더 그렇다.

감독은 전술적인 훈련을 통해 선수들을 문전 앞까지 데려다 놓을 수 있고 그것을 잘해내는 것이 감독의 역량이다. 그러나 골을 넣는 것은 어디까지나 선수의 몫이다. 이것은 감독으로서의 책임을 방기하는 것이 아니다. 물론 골을 못 넣어서 경기에 이기지 못하면 그것은 그들을 제대로 코칭하지 못한 감독의 책임이지만, 그렇다고 감독이 직접 골을 만들 수는 없다. 감독의 일은 골을 만들어낸다기보다는, 골을 만들기 좋은 조건과 상황을 많이 만들어주는 것이다.

요리를 한번 생각해보자. 재료가 나쁘더라도 최고 수준의 요리를 만들어내는 요리사가 있고, 재료가 나쁘면 아예 손님에게 내놓을 수준의 요리를 만들어내지 못하는 요리사가 있다. 공격수는 요리사다. 공격수라면 감독이 마련해준 재료들로, 대체로 완벽하지는 않은 그 부족한 재료들을 가지고 골이라는 요리를 만들어내는 법을 터득해야 한다. 그 방법을 아는 공격수와 모르는 공격수 사이에는 연봉에 어마어마한 차이가 존재한다.

골이 들어가는 데엔 너무나 많은 이유가 있지만 골이 들어가지 않는 것은 대부분 하나의 이유에서 비롯한다. 그것은 바로 체력의 부족이다.

축구선수는 체력이 없으면 자기가 하고 싶은 것을 할 수가 없다. 슈팅도 때려보고 싶고, 드리블 돌파해보고 싶고, 빈 공간으로 침투도 해보고 싶겠지만 체력이 달리면 그 무엇도 해낼 수가 없다.

결과의 차이는 기본으로부터 나오는 것이다. 그 기본이란 축구선수에게는 체력일 테고, 감독에게는 전술적 능력일 것이다. 다른 직업은 나의 경험이 일천하여 감히 말할 수가 없지만 무슨 일을 하든 간에 그것이 요구하는 '기본 역량'이라는 것이 있으리라 믿는다. 결과가 나오지 않는다면 이 역량을 기를 생각을 해야 하고, 그것은 절대 엉뚱한 데서 길러지지 않는다. 프로가 되어 가지고 학원을 다니겠는가, 누구한테 과외를 받겠는가. 결국 프로가 역량을 기르는 무대는 필드, 즉 실전이 되어야 한다.

필드에서 내 체력의 부족을 느낀다? 집에 돌아가서 반성할 생각이나 다른 데서 차근차근 기를 생각부터 거두어야 한다. 축구선수가 볼도 없이 운동장을 아무리 뛴다 한들 경기에서 써먹을 체력이 생기는 일은 절대 없다. 지금 발 붙이고 서 있는 그 자리에서 즉시 상대와 한번 더 부딪쳐가며 공을 경합하고 그 자리에서 상대를 이기려고 한 발 더 뛰어야 한다. 체력은 그때 늘어난다. 역량이란 그렇게 실전에서, 필드에서 길러지는 것이다.

보이지 않는 노력을
더 칭찬해라

프로선수로 뛰던 열한 시즌 동안 부산 대우 로얄즈, 부산 아이콘스, 부산 아이파크 시절을 모두 거치며 열세 명의 감독님들을 겪었다. 그중 한 명 정도를 제외하면 열두 명의 감독님들 모두가 나를 좋아했던 걸로 기억한다. 아주 반짝반짝하고 눈에 띄는 선수가 아니었다는 것은 누구보다 내가 더 잘 안다. 그 정도로 눈에 띄었다면 타 구단의 시야에도 들어가 굳이 한 클럽에 충성을 다할 필요도 없었을 테니까. 그렇지만 구단 밖에서는 아무도 예뻐하지 않는 나 같은 선수를 열두 명의 감독님들은 꽤나 예뻐해주었다. 내가 프로로서 그라운드에서 12년을 뛰고 지금도 축구계를 떠나지 않은 것은 다 그분들 덕분이라 생각하며 큰 고마움을 느낀다.

그분들이 알아봐준 것이 나의 어떤 점이었는지를 선수로 뛸 때는 잘 알지 못했다. 감독 경력이 1, 2년 쌓여가며 차츰 알게 되었다. 내 입으로 말하기가 참 우습지만 선수들을 지도하다보면, 나 같은 선수가 있으면 감독은 참 좋겠구나 하는 생각이 들 때가 가끔 있다. 조금은 부족하더라도 열정적이고 성실하게 노력하는 선수, 고작 일주일 하고 결과를 바라다가 이윽고 실망하는 대신에 어떤 결과에도 끈기 있게 버티는 선수, 내가 안 뛰면 또는 내가 안 하면 큰일난다고 생각하고 절대 대충하는 일이 없는 선수…… 나는 그런 선수였고 그런 점들이 감독님들에게 나를 향한 신임을 안겼던 것 같다. 능력이 부족한 것은 확실하여 아쉽지만 어쨌든 팀에 도움이 되는 것도 그에 못지않게 확실했다. 감독 경력이 한 해 한 해 늘어갈수록 그러한 면모가 의외로 귀한 것이라는 것을 깨닫는다. 그리고 그것이야말로 감독이 선수를 보는 중요한 기준이 되어야 한다는 것도.

축구라는 스포츠에는 당연히 기술이 좋고 능력이 뛰어난

선수가 필요하다. 그러나 능력 있는 선수보다 중요한 것은 팀에 도움이 되는 선수이다. 능력이 되면 곧 도움이 되지 않나 생각할 수도 있겠지만 그 둘은 크게 다르다. 본능에 의존했던, 옛날의 선진적이지 못한 축구는 능력 있는 선수 몇몇에게 의존해야 했을지 몰라도, 선진화된 세계에서 감독이 더 갈망하는 것은 팀 전체를 생각하고 팀에 도움을 주는 선수들이다. 그리고 이곳은 학교처럼 그냥 다니는 곳이 아니라 목표를 달성하기 위해 전력으로 달려가는 곳이다. 능력이 얼마나 뛰어나든 관계없이, 도움이 안 되는 구성원은 조직에 피해를 주고 있는 것이나 마찬가지이다.

간혹 본능적인 축구를 구사해온 젊은 선수 중에는 능력이 뛰어난 스스로에게 취해 있는 이들이 있다. 훈련이나 경기를 하며 자기밖에 보이지 않는지, 동료의 움직임을 의식해가며 플레이하지 않는다. 나 혼자 하는 재미로 플레이하는 축구가 통해봤자 얼마나 높은 단계까지 통하겠는가. 자기 능력을 과시하는 수준에서 벗어나지 못하는 이들을 두고 나는 '축구를 한다'고 하지 않고 '공을 찬다'고 표현한다. 그들은 팀이 승리를 거두지도 못하고 있지만 자신은 공격 포인트를 거두었다며 만족하고, 때때로 이미 충분히 활약했다 여기는 후반에는 압박을 소홀히 한다. 팀이 강등권에 위치해 있든 상관이 없다.

팀의 순위가 밀리는 것이지, 한 시즌 스무 골을 때려 박은 자신의 기록이 밀리는 것은 아니니까. 선수의 심성을 탓할 수만은 없다. 한국 축구의 이 해묵은 전통이 선수에게 그러한 심성을 안긴 것이다. 실제로 한 유소년 디렉터가 그런 말을 공공연히 내뱉는 걸 들은 적도 있다. "우리는 선수만 키우면 그만이다. 유소년을 키우는 게 직업인 우리에겐 개인의 성장이 중요하지, 팀의 승리는 중요치 않다." 축구와 축구선수를 두고 하는 말이 정녕 맞는가 싶었다.

광주 FC에서 몇 년을 뛰고 그야말로 기량이 만개한 선수가 있었다. 사람들이 우리 경기를 몇 분만 보고도 딱 그가 발군이라는 것을 알아볼 정도였다. 이적 당시에는 이만큼 대단히 촉망받는 선수가 아니었으나 이제는 국가대표 물망에도 오를 정도였다.

그런데 어느 순간 이 선수가 전에 없던 행실을 보이곤 했다. 본인이 빼앗기는 거엔 그렇게나 관대하면서 동료가 공을 빼앗길 때마다 상당히 무안을 주는 거다. 감독인 나조차 선수들이 공을 빼앗기는 것 자체를 두고는 좀처럼 지적하는 일이 없는데 말이다. 그 모습이 몇 차례 반복되어 결국 선수들 앞에서 그를 질책했다.

네가 지금처럼 성장하게 만든 게 누구냐 물었다. "감독님이요" 하는 답이 돌아와서 내가 답했다. 그 생각 자체가 잘못된 거라고. "나는 너에게 방법을 가르쳐주었을 뿐이고 노력해서 달성한 것은 너 본인이다. 하지만 그 노력을 도와주고 기여한 것은 동료들이다. 팀에는 너처럼 선발로 출전하는 선수도 있지만 교체로조차 좀처럼 뛰지 못하는 선수들도 있다. 그런 그들조차 파트너로서 같이 훈련해주면서 다른 선수를 성장시켜주고 있다. 먼저 높은 수준에 오른 선수라면 자신 역시 옆에 있는 선수들을 이끌어주고 그들도 수준 높은 선수가 될 수 있게 만들어주어야 한다. 그런데 지금 너의 행동은 동료들을 무시하는 것이다." 좀처럼 타박을 들을 일이 없는 선수가 뜻밖의 긴 타박을 듣는 모습에 주변이 고요해졌다.

누가 봐도 객관적으로 잘하고 있는 선수를 감독이 대우해주지 못할망정 다른 선수들 앞에서 혼내는 것은 본인으로서는 상당히 자존심이 상하는 일이었을 게다. 그러나 우리 팀의 원칙을 깨는 행동에 대해서는 모두 앞에서 이야기할 필요가 있었다.

축구는 단체 종목이다. 득점하기 위해 또는 실점하지 않기 위해서 팀 전체가 하나가 되어 한 방향으로 하나의 힘을 쏟아야 하는 스포츠다. 그러다가 득점을 했으면 우리가 다 같이 이룬 것이고, 실점을 했어도 우리가 다 같이 먹힌 것이다. 팀이란 하나의 과정이고 그 과정에서 벗어나 있는 선수는 없다. 선수의 성장은 팀이 성장해가는 과정 안에서 이루어지는 것이 바람직하다. 그리고 팀의 성장은 자신의 능력을 내세우기보다 조직에 도움이 되고자 하는 개인들의 노력이 쌓여 이루어진다. 능력도 있으면서 도움까지 되는 선수들이 다수를 이루면 팀이 얼마나 강해지겠는가.

팀에 도움이 되고자 하는 마음. 지도자는 선수 본인이 그런 마음을 갖기를 바라기만 할 것이 아니라, 그런 마음을 지닌 선수들을 밝은 눈으로 알아보고 가벼운 입으로 널리 인정해 주어야 한다. 가령 축구에서, 특히 속공이 아닌 지공 상황에서는 대부분 한두 명의 빼어난 개인 플레이에 의해 골이 발생하기보다는, 적극적인 움직임을 통하여 다른 선수에게 공간을 만들어준 선수의 공헌이 있기 마련이다. 누군가 공과 상관없는 움직임으로 수비수를 이끌고 간 덕분에 다른 누군가에게 수비수가 없는 공간이 생긴 것이다. 그러나 골이나 어시스트를 발생시켜 기록도 얻고 언론의 찬사도 받고 팬들의 환호도 받는 선수와 달리, 덜 보이는 곳에서 공헌한 선수의 움직임은 많은 이들이 무심코 넘어가버린다. 나는 감독으로서 공과 상관없는 움직임으로 팀에 도움을 준 그들의 플레이에 가장 많은 칭찬을 건넨다.

기록으로 새겨지지 않는 공헌이 있다. 나 자신을 넘어 팀에 도움을 주려는 그 노력을 지도자는 특별히 인정하고 보상해주어야 한다.

뜻을 펼칠 수 없을 때
칼을 갈아라

프로 데뷔 2년 차의 스물네 살 이정효가 올린공 전지훈련에서 감히 하늘 같은 감독님께 대든 그 결과에 대해 첨언을 해야 할 것 같다. 나의 반항이 통했는지, 아니면 치기 어린 어리광으로 치부되어 오히려 역효과를 낳았는지 혹시나 궁금해할 사람이 있을 테니까. 결과부터 말하자면, 내 반항은 먹히지도 않았지만 동시에 역효과를 낳지도 않았다. 나로서는 그다지 나쁠 것 없는 약간의 변화가 있기는 했다.

일단, 여권이나 비행기표를 받는 수확으로 이어지진 않았다. 사실 그런 결과로 이어지는 것은 나도 기대하지 않았다. 애초에 처음부터 세게 나가려고 던진 말이었지, 나 혼자 한국으로 돌아간다는 것이 말이나 되나. 그러나 11대 11 경기에 투입되는 일도 없었다. 한 달쯤 되는 전지훈련 동안 나는 끝내 팀 훈련을 치르지 못했다.

대신에 작은 변화가 있었으니, 전에 없던 일대일 훈련을 하게 되었다. 고맙게도 나를 가엾이 여긴 코치님이 있어서 그와 함께 운동장 저편에서 따로 훈련을 했다. 어찌 보면 일종의 처벌로서 단체 훈련에서 배제된 것이라 봐도 되겠지만, 나로서는 그 시간이 의외로 나쁘지 않았다. 아니, 그렇게 좋을 수가 없을 정도였다. 벤치에 혼자 방치되던 것에 비하면 얼마나 극적인 변화인가. 그것도 기회라고 꽤나 열심히 했다. "이 팀에 감독님이 오래 있나, 내가 오래 있나 보자" 하는 망언까지 쏟아낸 마당이라, 내가 옳았음을 증명하려면 지금부터 보란듯이 열심히 해야 했다.

그렇게 한번 대차게 불만을 쏟아내고, 팀으로부터 격리된 채 일대일 훈련을 하고, 또 밤이 되면 조용한 운동장에서 홀로 공을 차며 점차 마음이 차분해졌다. 그리고 가라앉힌 마음에 새로운 생각도 서서히 찾아오고 있었다.

내가 열심히 한다고 으레 알아주길 바라서는 안 되는 거였다. 나의 노력을 알아주지 않는다고 남을 원망해서는 안 됐다. 나는 내가 봐도 정말 열심히, 거의 미친 사람처럼 노력했고 오히려 그래서 나 자신을 객관적으로 보지 못하고 있었다. 나의 실력은 내가 주관적으로 판단하는 것이 아니라 남이 객관적으로 판단하는 것이다. 내가 봤을 때가 아니라 그들이 봤을 때 납득이 될 정도로 잘해야 충분한 것이었다. 결국 나의 과제는 능력을 키우는 것밖에 없었다. 그래, 싸가지 없는 놈은 될지언정 능력이 없는 사람은 되지 말자. 그러나 내가 객관적으로 높은 능력을 갖추어도 누군가 나를 주관적인 시선으로 낮게 판단하기로 했다면? 당장은 나에게 방법이 없다. 일단은 발톱을 감추자. 실력을 키우다보면 언젠가 나를 써먹을 때가 올 것이다. 그것이 그 외로운 전지훈련의 밤들에 내가 내린 결론이었다.

누군가의 밑에서 일하거나 조직에 소속되어 일하는 구성원이 뜻대로 자기 뜻을 펼친다는 것은 거의 불가능하다. 경기장이나 인터뷰에서 나의 행실을 접하고는 나를 눈치 하나 안 보고 마음대로 살아온 사람으로 볼지도 모르겠는데, 알다시피 한국 축구판에서 나는 그렇게 살 수 있는 처지가 못 되었다. 선수로 십여 년간 뛰면서, 그리고 코치 생활을 오래 하면서 느낀 것은, 조용히 칼을 갈아야 하는 시기도 필요하다는 것이다. 남이 판단하기에 객관적으로 높은 실력이 될 때까지 역량을 키우고 그나마 주도적으로 활약할 수 있는 영역을 찾아 조금씩 뜻을 펼쳐가면서 나의 길을 '정립'하는 데 만족해야 할 때도 있다. 시키는 것만 하라고, 다른 것은 아예 쳐다도 보지 말라고 하는 때려죽이고 싶은 상사 밑이라면 당장 그만두고 나가야겠지만, 그것이 아니라면 쌓아가면서 버텨야 한다. 나의 기회가 올 때까지.

나는 프로 축구팀에서 7년을 코치로 있었다. 한국 축구가 누적해온 고루한 문화 속에서 코치인 내가 주도적으로 할 수 있는 것은 없었다. 이 판이 이미 그렇게 되어 있었다. 대학이든 프로든 조금도 다를 게 없었다. 변화를 주려고 하면 다시 하던 것으로, 심지어 20년 전에 내가 하던 것으로 돌아가도록 관성적인 지시가 내려졌다. 특히 대학 때는 복잡한 전술 훈련을 도입하고 싶어서 몇 가지 패턴의 훈련을 제안하기도 했는데 그럴 때마다 제지당했다. 선수들이 따라오지 못할 것이라는 이유였다. 세상은 이렇게 바뀌었는데 새로운 세대의 선수들은 내가 선수 때 하던 그 축구를 그대로 하고 있었고 코치인 나는 변화를 시도할 수 없었다.

프로팀 코치를 3년 동안 하면서는 그렇게 생각했다. 나중에 내가 감독이 되면 저렇게 하지 말아야지. 3년간 주변을 보니 저렇게 하지 말자던 사람의 대부분이 나중에는 결국 저렇게 하고 있었다. 그래서 4년 차부터는 그 생각마저 고쳐먹었다. 내가 감독이 되면 이렇게 또는 저렇게 해야지, 라고. 그것은 큰 차이였다. 불만만 가진 사람은 나중에 선수에게 똑같은 불만을 안기는 지도자가 된다. 불만 앞에서 나는 어떻게 할지 구체적인 방안까지 강구하는 사람이 나중에 지도자의 자리에 올랐을 때 새로운 지도자가 된다. 최초가 된다.

그 긴 세월 동안 갈아왔던 칼을 요 몇 년 동안 감독이 되어서야 좀 휘두르고 있다. 감독도 어쨌든 소속된 몸이니 근본적으로 완전히 자유롭다고는 할 수 없겠으나 나름 주도적인 축구를 하고 있다. 내가 그간 잘 갈아왔구나, 틀리지는 않았구나, 하는 것을 증명하는 기쁨의 날들도 있었다. 그래서인지 축구인으로 살아온 그 어느 때보다 요즘 가장 즐겁게 축구를 하고 있는 것 같다.

궁극적으로 내가 바라는 것은, 그동안 숨겨온 내 뜻을 맘껏 펼치는 것만이 아니다. 나와 함께하는 코치진, 스태프들이 숨어서 칼을 갈 필요가 없었으면 한다. 각자의 영역에서 나보다 뛰어난 이 프로페셔널한 사람들이 조화를 이루며 지금의 자리에서 자기 뜻을 충분히 펼친다면 더 바랄 것이 없겠다. 물론 모든 일이 내 바람처럼 되지는 않을 거다. 나로 인해 그들이 못다 펼치는 꿈들이 분명히 있을 것이다. 내가 그들을 너무 답답하게 하지 않기를 스스로에게 당부하며, 다들 각자의 칼을 잘 다듬어가길 응원하려 한다.

마철준 수석코치, 조용태 코치, 신정환 골키퍼 코치, 김경
도 피지컬 코치, 박원교 분석 코치, 조광수 코치에 이어 내 이
름이 불려 장막 너머로 걸어갔다. 코치들과 나란히 서서 회견
장을 바라보았다. 기자분들이 한 마흔 명은 와 있는 것 같았
다. 커다란 카메라도 열다섯 대쯤은 보였다. 카메라에 공중파
로고도 박혀 있는데 유튜브로 생중계되고 있다고도 들었다.
2021년 12월 28일 처음 프로팀 감독으로 취임했을 때가 스쳐
지나갔다. 그때는 코로나가 한창이었기에 이렇다 할 행사도 없
이 취임했고, 아마 코로나가 없었어도 더없이 조촐하기는 마

찬가지였을 것이다. 4년 동안 많은 것이 달라졌다.

기자회견 중에 주변의 기대가 엄청나게 큰데 부담되지 않느냐, 압박감을 느끼지 않느냐는 질문을 받았다. 요즘 한창 많이 듣고 있는 질문이었다. 그리고 들을 때마다 참 의아한 기분이 들어 한참을 생각해야 하는 질문이다.

내 생각에 나는 부담감과 압박감이라는 것을 전혀 느끼지 않는 둔감한 인간은 아니다. 무언가가 가슴을 누르고 옥죄는 듯한 그 느낌을 나도 느낀다. 그런데 그 느낌을 괴롭다고 생각해본 적이 없다. 열 살에 축구를 시작하고 수많은 시합을 뛰며 줄곧 승부사로 살아왔다. 초등학교 때부터 대학 때, 프로 때까지 치른 경기 하나하나가 나에겐 어마어마하게 중요한 승부들이었다. 극도로 지고 싶지 않은 경기들의 연속이었다. 2012년부터 지금껏 코치와 감독으로 있으며 치르는 경기도 똑같다. 잘 때를 빼고는 항상 어떤 압력이 내 가슴을 누르고 있다. 늘 있던 그 압박감이 그냥 지금도 있는 것이다.

이 압력이 없어지는 것이긴 한가? 그냥 안고 살아가야 하는 것 아니었나? 아니 그보다, 부담감이 없이 일을 어떻게 하고, 압박감이 없이 인생을 어떻게 살지?

일을 하는데 강한 압박감을 느끼지 못한다는 것은 어쩌면 지금 시시한 일을 하고 있다는 뜻일지도 모른다. 나에게 그것이 중요하지 않게 다가와서 마음이 속 편한 것일지도 모른다. 그 일이 내게 중대한 것이라면 압박감이 찾아오는 걸 즐겨야 한다. 압박감이야말로 내 능력을 백 퍼센트 발휘할 수 있는 조건이니까.

새로운 시즌이 다가오고 있다. 나의 감독 경력도 새로운 시즌을 맞고 있다고 할 수 있다. 하고 싶은 것이 너무 많고 그래서 지칠 새도 없다. 이것도 이루고 저것도 달성해야 하는데, 이렇게 생각하면 프로 지도자로 일하기로 다짐한 딱 20년 중 남은 15년이 너무 짧은 것 같기도 하다. 하고 싶은 걸 눈앞에 두고서 멈출 수도 없을 테고, 또 개인적인 꿈을 넘어 어떤 책임과 사명으로서 해야 하는 일도 많이 있을 텐데 어쩌지. 그럼 다짐을 바꾸면 되지, 하고 가벼이 생각하련다.

단지 그 20년만 걷겠다는 다짐만이 아니다. 이 책은 선수와 코치, 감독으로 일하며 지금까지 굳게 정립된 현재 나의 철학을 정리한 것이지만, 지금의 철학을 고스란히 은퇴할 때까지 가져가리라고 생각하면 결코 그러고 싶지 않다. 시대도 바뀔 것이고 나도 바뀔 것이다. 그러니 몇 가지 철학만 제외하고는 시간이 지나며 싹 다 바뀌어갔으면 좋겠다. 지금까지 열심히 이 책을 읽어주신 분들께는 죄송한 말이겠지만 말이다.

이제껏 그랬듯이 나는 쉬지 않고 나아가며 성장할 것이다.

압박감과 부담감을 느낄 테지만 그것을 오히려 즐기면서 일할 것이다. 그러다 보면 훗날 이 책에 적어둔 철학들을 또다시 새로이 정리해야 할 날이 올지도 모르겠다. 그리고 그때쯤 되면 오늘의 기자회견이 오히려 조촐했던 거라고 생각될 수도 있겠다. 아니, 꼭 그렇게 만들어버릴 것이다.

2026년 1월 2일

이정효

정답은 있다

초판 1쇄 발행 2026년 2월 23일
초판 5쇄 발행 2026년 3월 13일

지은이 이정효
펴낸이 김선식

부사장 김은영
콘텐츠사업본부장 임보윤
책임편집 이승환 **디자인** 권예진 **책임마케터** 이고은
콘텐츠사업3팀장 이승환 **콘텐츠사업3팀** 김한솔, 권예진, 이가현
마케팅사업1팀 이고은, 지석배, 최민경, 김은지 **홍보1팀** 김민정, 홍수경, 변승주
브랜드사업본부 정명찬
브랜드홍보팀 오수미, 서가을, 박장미, 박주현 **영상홍보팀** 이수인, 염아라, 이지연, 노경은
저작권팀 성민경 **편집관리팀** 조세현, 김호주, 백설희
재무관리팀 하미선, 임혜정, 이슬기, 김주영, 오지수
인사총무팀 강미숙, 김재경, 김혜진, 김주림, 황종원
제작관리팀 이소현, 김소영, 유미애, 이지우, 이승협
물류관리팀 김형기, 김선진, 주정훈, 양문현, 채원석, 박재연, 이준희, 최대식
본문 사진 광주시민프로축구단 제공

펴낸곳 다산북스 **출판등록** 2005년 12월 23일 제313-2005-00277호
주소 경기도 파주시 회동길 490
전화 02-704-1724 **팩스** 02-703-2219 **이메일** dasanbooks@dasanbooks.com
홈페이지 www.dasan.group **블로그** blog.naver.com/dasan_books
종이 스마일몬스터 **인쇄·제본** 한영문화사 **후가공** 평창피엔지

ISBN 979-11-306-7527-5 03810

- 책값은 뒤표지에 있습니다.
- 파본은 구입하신 서점에서 교환해드립니다.
- 이 책은 저작권법에 의하여 보호를 받는 저작물이므로 무단 전재와 복제를 금합니다.

다산북스(DASANBOOKS)는 독자 여러분의 책에 관한 아이디어와 원고 투고를 기쁜 마음으로 기다리고 있습니다.
책 출간을 원하는 아이디어가 있으신 분은 다산북스 홈페이지 '원고투고'란으로 간단한 개요와 취지, 연락처 등을 보내주세요.
머뭇거리지 말고 문을 두드리세요.